dtv

Dieses Brevier ist keine erbauliche »Blütenlese« aus Goethes Werk. Es versucht vielmehr, die reiche Lebens-Erfahrung eines genialen Menschen in Empfehlungen zur Lebens-Bewältigung umzusetzen.
In sieben Themenkreisen wird Goethe, der Nicht-Olympier, Goethe, der Mensch unter Menschen als Zeitgenosse vorgestellt: vom weltfrommen Universalisten bis zum ironisch-kritischen Beobachter unser aller Unzulänglichkeiten, vom Idealisten, der an die Würde des Menschen glaubt, bis zum pessimistischen Optimisten oder optimistischen Pessimisten, der sich nichts vormacht über die zwiespältige Rolle, die wir auf diesem Planeten spielen.
Das Buch stellt Goethe als Lebenskünstler vor, dessen gelassene Weisheit mehr bietet als wohlfeile »Lebenshilfe« in schönen Worten oder Sprüchen – nämlich Ratschläge zum tätigen und damit erfüllten Leben.

Prof. Dr. h.c. Heinz Friedrich, Jahrgang 1922, arbeitete nach dem II. Weltkrieg als Journalist, Redakteur und Verlagslektor, bevor er 1961 den dtv mitbegründete und bis 1990 leitete. Von 1983–1995 war er Präsident der Bayerischen Akademie der Schönen Künste. Er lehrt als Honorarprofessor an der Universität München.

Johann Wolfgang von Goethe

Aller Anfang ist heiter

Ein Brevier
von
Heinz Friedrich

Deutscher Taschenbuch Verlag

Ein Nachwort,
ein Verzeichnis der benutzten Goethe-Ausgaben
und ein detaillierter Quellennachweis
finden sich im Anhang des Bandes.

Originalausgabe
Oktober 1991
Neuausgabe April 1999
Deutscher Taschenbuch Verlag GmbH & Co. KG,
München

Umschlagkonzept: Balk & Brumshagen
Umschlagbild: Ausschnitt eines Goethe-Portraitgemäldes
(1775/76) von Georg Melchior Kraus
(© AKG, Berlin)
Gesamtherstellung: C.H. Beck'sche Buchdruckerei,
Nördlingen
Gedruckt auf säurefreiem, chlorfrei gebleichtem Papier
Printed in Germany · ISBN 3-423-12678-7

INHALT

I
Der Teil und das Ganze

Problem

»Warum ist alles so rätselhaft?
Hier ist das Wollen, hier ist die Kraft;
Das Wollen will, die Kraft ist bereit,
Und daneben die schöne, lange Zeit.«
So seht doch hin, wo die gute Welt
Zusammenhält!
Seht hin, wo sie auseinanderfällt!

Epigrammatisch

Die Sonne tönt nach alter Weise
In Brudersphären Wettgesang,
Und ihre vorgeschriebne Reise
Vollendet sie mit Donnergang.
Ihr Anblick gibt den Engeln Stärke,
Wenn keiner sie ergründen mag;
Die unbegreiflich hohen Werke
Sind herrlich wie am ersten Tag.
Und schnell und unbegreiflich schnelle
Dreht sich umher der Erde Pracht;
Es wechselt Paradieseshelle
Mit tiefer, schauervoller Nacht;
Es schäumt das Meer in breiten Flüssen
Am tiefen Grund der Felsen auf,
Und Fels und Meer wird fortgerissen
In ewig-schnellem Sphärenlauf.
Und Stürme brausen um die Wette
Vom Meer aufs Land, vom Land aufs Meer,
Und bilden wütend eine Kette
Der tiefsten Wirkung ringsumher.
Da flammt ein blitzendes Verheeren
Dem Pfade vor des Donnerschlags;
Doch deine Boten, Herr, verehren
Das sanfte Wandeln deines Tags.
Der Anblick gibt den Engeln Stärke,
Da keiner dich ergründen mag,
Und alle deine hohen Werke
Sind herrlich wie am ersten Tag.

Faust I, Prolog im Himmel

Grundeigenschaft der lebendigen Einheit: sich zu trennen, sich zu vereinen, sich ins Allgemeine zu ergehen, im

Besondern zu verharren, sich zu verwandeln, sich zu spezifizieren und, wie das Lebendige unter tausend Bedingungen sich dartun mag, hervorzutreten und zu verschwinden, zu solideszieren und zu schmelzen, zu erstarren und zu fließen, sich auszudehnen und sich zusammenzuziehen. Weil nun alle diese Wirkungen im gleichen Zeitmoment zugleich vorgehen, so kann alles und jedes zu gleicher Zeit eintreten. Entstehen und Vergehen, Schaffen und Vernichten, Geburt und Tod, Freud und Leid, alles wirkt durcheinander, in gleichem Sinn und gleicher Maße; deswegen denn auch das Besonderste, das sich ereignet, immer als Bild und Gleichnis des Allgemeinsten auftritt.

Maximen und Reflexionen
Aus Wilhelm Meisters Wanderjahren

Laß den Anfang mit dem Ende
Sich in Eins zusammenziehn!
Schneller als die Gegenstände
Selber dich vorüberfliehn.
Danke, daß die Gunst der Musen
Unvergängliches verheißt,
Den Gehalt in deinem Busen
Und die Form in deinem Geist.

Dauer im Wechsel, Gott und Welt

Aus der Natur, nach welcher Seite hin man schaue, entspringt Unendliches.

Aphorismen und Fragmente, Natur

Das ist die wahre Symbolik, wo das Besondere das Allgemeinere repräsentiert, nicht als Traum und Schatten, sondern als lebendig-augenblickliche Offenbarung des Unerforschlichen.

Aus dem Größten wie aus dem Kleinsten (nur durch künstliche Mittel dem Menschen zu vergegenwärtigen) geht die Metaphysik der Erscheinungen hervor; in der Mitte liegt das Besondere, unsern Sinnen Angemessene, worauf ich angewiesen bin, deshalb aber die Begabten von Herzen segne, die jene Regionen zu mir heranbringen.

Das Allgemeine und Besondere fallen zusammen: das Besondere ist das Allgemeine, unter verschiedenen Bedingungen erscheinend.

Aphorismen und Fragmente
Besonderes und Allgemeines

Alle Schöpfung ist Werk der Natur. Von Jupiters Throne
Zuckt der allmächtige Strahl, nährt und erschüttert die Welt.

Vier Jahreszeiten

Ein andermal fragte Carpani: wie Haydn in der Schöpfung ein so herrliches Bild des Sonnenaufgangs habe darstellen können? Darauf ward geantwortet: »Ich stellte mir den Vater des Lichts vor mit Stahl und Stein in Händen, und als die beiden Härten aneinander gerieten, so war der Funke da, aus welchem das prächtige Licht hervorstrahlte.« Irgendjemand hat dies Bild subaltern und kindisch finden wollen; mir ist dabei die uralte Fabel des Prometheus klargeworden, ja ich wüßte mir kein erhabeneres Bild zu denken als das allmächtige Licht im Funken, das Allergrößte im Kleinsten, das Fließendste aus dem Härtesten, das Allerhellendste aus der Dunkelheit, und worüber uns die Weisen aller Welt noch Belehrung geben sollten, das hätte der Künstler unserm feinsten Sinne geoffenbart.

Joseph Haydns Schöpfung

Schönheit der Natur ist Vollkommenheit des Ganzen, zu einer anschaulichen Kenntnis gebracht; Schönheit der Kunst ist gleichsam der Anblick des Vollkommenen, in der Seele des Künstlers zur Gestalt gereift und durch innere Kraft wieder zur Gestalt wirkend.

Gespräch mit Caroline Herder, 5. 2. 1789

Schönheit ist ewig nur Eine, doch mannigfach wechselt das Schöne,
Daß es wechselt, das macht eben das Eine nur schön.

Tabulae votivae

Sucht ihr das menschliche Ganze! O suchet es ja nicht beim Ganzen!
Nur in dem schönen Gemüt bildet das Ganze sich ab.

Gedichte aus dem Nachlaß
Xenien von Goethe und Schiller

Jedes Lebendige ist kein Einzelnes, sondern eine Mehrheit; selbst insofern es uns als Individuum erscheint, bleibt es doch eine Versammlung von lebendigen selbständigen Wesen, die der Idee, der Anlage nach, gleich sind, in der Erscheinung aber gleich oder ähnlich, ungleich oder unähnlich werden können. Diese Wesen sind teils ursprünglich schon verbunden, teils finden und vereinigen sie sich. Sie entzweien sich und suchen sich wieder und bewirken so eine unendliche Produktion auf alle Weise und nach allen Seiten.
Je unvollkommener das Geschöpf ist, destomehr sind diese Teile einander gleich oder ähnlich, und destomehr gleichen sie dem Ganzen. Je vollkommner das Geschöpf wird, desto unähnlicher werden die Teile einander. In jenem Falle ist das Ganze den Teilen mehr oder weniger gleich, in diesem das Ganze den Teilen unähnlich. Je

ähnlicher die Teile einander sind, desto weniger sind sie einander subordiniert. Die Subordination der Teile deutet auf ein vollkommneres Geschöpf.

Zur Morphologie
Die Absicht eingeleitet

Im Innern ist ein Universum auch;
Daher der Völker löblicher Gebrauch,
Daß jeglicher das Beste, was er kennt,
Er Gott, ja seinen Gott benennt,
Ihm Himmel und Erden übergibt,
Ihn fürchtet, und womöglich liebt.

Drum danket Gott, ihr Söhne der Zeit,
Daß er die Pole für ewig entzweit.

Gott, Gemüt und Welt

Das Große, Überkolossale der Natur eignet man so leicht sich nicht an; denn wir haben nicht reine Verkleinerungsgläser wie wir Linsen haben, um das unendlich Kleine zu gewahren. Und da muß man doch noch Augen haben wie Carus und Nees, wenn dem Geiste Vorteil entstehen soll.
Da jedoch die Natur im größten wie im kleinsten sich immer gleich ist und eine jede trübe Scheibe so gut die schöne Bläue darstellt wie die ganze weltüberwölkende Atmosphäre, so find' ich es geraten, auf Musterstücke aufmerksam zu sein und sie vor mir zusammenzulegen. Hier nun ist das Ungeheuere nicht verkleinert, sondern im kleinen, und ebenso unbegreiflich als im Unendlichen.

Maximen und Reflexionen
Nachlaß: Natur – Naturwissenschaft

Die Idee ist ewig und einzig; daß wir auch den Plural brauchen, ist nicht wohlgetan. Alles, was wir gewahr werden und wovon wir reden können, sind nur Manifestationen der Idee; Begriffe sprechen wir aus, und insofern ist die Idee selbst ein Begriff.

Maximen und Reflexionen
Aus Kunst und Altertum

Was man Idee nennt: das, was immer zur Erscheinung kommt und daher als Gesetz aller Erscheinungen uns entgegentritt.

Nur im Höchsten und im Gemeinsten trifft Idee und Erscheinung zusammen; auf allen mittlern Stufen des Betrachtens und Erfahrens trennen sie sich. Das Höchste ist das Anschauen des Verschiednen als identisch; das Gemeinste ist die Tat, das aktive Verbinden des Getrennten zur Identität.

Maximen und Reflexionen
Nachlaß: Natur – Naturwissenschaft

Urphänomene: ideal, real, symbolisch, identisch.
Empirie: unbegrenzte Vermehrung derselben, Hoffnung der Hülfe daher, Verzweiflung an Vollständigkeit.
Urphänomen
    ideal als das letzte Erkennbare,
    real als erkannt,
    symbolisch, weil es alle Fälle begreift,
    identisch mit allen Fällen.

Maximen und Reflexionen
Nachlaß: Skizziertes – Zweifelhaftes

Eins und alles

Im Grenzenlosen sich zu finden,
Wird gern der einzelne verschwinden,
Da löst sich aller Überdruß;
Statt heißem Wünschen, wildem Wollen,
Statt lästgem Fordern, strengem Sollen
Sich aufzugeben ist Genuß.

Weltseele, komm, uns zu durchdringen!
Dann mit dem Weltgeist selbst zu ringen,
Wird unsrer Kräfte Hochberuf.
Teilnehmend führen gute Geister,
Gelinde leitend höchste Meister
Zu dem, der alles schafft und schuf.

Und umzuschaffen das Geschaffne,
Damit sichs nicht zum Starren waffne,
Wirkt ewiges, lebendiges Tun.
Und was nicht war, nun will es werden
Zu reinen Sonnen, farbigen Erden;
In keinem Falle darf es ruhn.

Es soll sich regen, schaffend handeln,
Erst sich gestalten, dann verwandeln;
Nur scheinbar stehts Momente still.
Das Ewige regt sich fort in allen:
Denn alles muß in Nichts zerfallen,
Wenn es im Sein beharren will.

Vermächtnis

Kein Wesen kann zu nichts zerfallen!
Das Ewge regt sich fort in allen,
Am Sein erhalte dich beglückt!
Das Sein ist ewig: denn Gesetze
Bewahren die lebendgen Schätze,
Aus welchen sich das All geschmückt.

Das Wahre war schon längst gefunden,
Hat edle Geisterschaft verbunden;
Das alte Wahre, faß es an!
Verdank es, Erdensohn, dem Weisen,
Der ihr, die Sonne zu umkreisen,
Und dem Geschwister wies die Bahn.

Sofort nun wende dich nach innen:
Das Zentrum findest du da drinnen,
Woran kein Edler zweifeln mag.
Wirst keine Regel da vermissen:
Denn das selbständige Gewissen
Ist Sonne deinem Sittentag.

Den Sinnen hast du dann zu trauen,
Kein Falsches lassen sie dich schauen,
Wenn dein Verstand dich wach erhält.
Mit frischem Blick bemerke freudig
Und wandle, sicher wie geschmeidig,
Durch Auen reichbegabter Welt.

Genieße mäßig Füll und Segen;
Vernunft sei überall zugegen,
Wo Leben sich des Lebens freut.
Dann ist Vergangenheit beständig,
Das Künftige voraus lebendig,
Der Augenblick ist Ewigkeit.

Und war es endlich dir gelungen,
Und bist du vom Gefühl durchdrungen:
Was fruchtbar ist, allein ist wahr –
Du prüfst das allgemeine Walten,
Es wird nach seiner Weise schalten,
Geselle dich zur kleinsten Schar.

Und wie von alters her, im stillen,
Ein Liebewerk nach eignem Willen
Der Philosoph, der Dichter schuf,
So wirst du schönste Gunst erzielen:

Denn edlen Seelen vorzufühlen
Ist wünschenswertester Beruf.

Müsset im Naturbetrachten
Immer eins wie alles achten:
Nichts ist drinnen, nichts ist draußen;
Denn was innen, das ist außen.
So ergreifet ohne Säumnis
Heilig öffentlich Geheimnis.

Gott und Welt

Willst du ins Unendliche schreiten,
Geh nur im Endlichen nach allen Seiten.

Willst du dich am Ganzen erquicken,
So mußt du das Ganze im Kleinsten erblicken.

Gott, Gemüt und Welt

Jedes Existierende ist ein Analogon alles Existierenden; daher erscheint uns das Dasein immer zu gleicher Zeit gesondert und verknüpft. Folgt man der Analogie zu sehr, so fällt alles identisch zusammen; meidet man sie, so zerstreut sich alles ins Unendliche. In beiden Fällen stagniert die Betrachtung, einmal als überlebendig, das andere Mal als getötet.

Aphorismen und Fragmente
Besonderes und Allgemeines

Kein Phänomen erklärt sich an und aus sich selbst; nur viele zusammen überschaut, methodisch geordnet, geben zuletzt etwas, was für Theorie gelten könnte.

Aphorismen und Fragmente
Beobachten und Denken

Freuet euch des wahren Scheins,
Euch des ernsten Spieles:
Kein Lebendiges ist ein Eins,
Immer ists ein Vieles.

Gott und Welt

Selbst wenn man die Konsequenz der Gestalt nur im allgemeinen ansieht, sollte man schon ohne genauere Erfahrung schließen, daß lebendige, einander höchst ähnliche Geschöpfe aus einerlei Bildungsprinzip hervorgebracht sein müßten.

Die Gestalt steht in bezug auf die ganze Organisation, wozu der Teil gehört, und somit auch auf die Außenwelt, von welcher das vollständig organisierte Wesen als ein Teil betrachtet werden muß.

Gestaltung einer Masse setzt nicht allein voraus, daß sie sich in Teile trenne, sondern daß sie auf eine entschiedene Weise in unterscheidbare, untereinander ähnliche Teile sich trenne.

Vergleichende Anatomie, Zoologie
Fragmente

Die Menschen sind durch die unendlichen Bedingungen des Erscheinens dergestalt obruiert, daß sie das Eine, Urbedingende nicht gewahren können.

Aphorismen und Fragmente
Idee und Erscheinung

Der Fehler schwacher Geister ist, daß sie im Reflektieren sogleich vom Einzelnen ins Allgemeine gehen, anstatt daß man nur in der Gesamtheit das Allgemeine suchen kann.

Maximen und Reflexionen
Nachlaß: Natur – Naturwissenschaft

Im ernsten Beinhaus wars, wo ich beschaute,
Wie Schädel Schädeln angeordnet paßten;
Die alte Zeit gedacht ich, die ergraute.
Sie stehn in Reih geklemmt, die sonst sich haßten,
Und derbe Knochen, die sich tödlich schlugen,
Sie liegen kreuzweis, zahm allhier zu rasten.
Entrenkte Schulterblätter! was sie trugen,
Fragt niemand mehr, und zierlich tätge Glieder,
Die Hand, der Fuß, zerstreut aus Lebensfugen.
Ihr Müden also lagt vergebens nieder,
Nicht Ruh im Grabe ließ man euch, vertrieben
Seid ihr herauf zum lichten Tage wieder,
Und niemand kann die dürre Schale lieben,
Welch herrlich edlen Kern sie auch bewahrte.
Doch mir Adepten war die Schrift geschrieben,
Die heilgen Sinn nicht jedem offenbarte,
Als ich inmitten solcher starren Menge
Unschätzbar herrlich ein Gebild gewahrte,
Daß in des Raumes Moderkält und Enge
Ich frei und wärmefühlend mich erquickte,
Als ob ein Lebensquell dem Tod entspränge.
Wie mich geheimnisvoll die Form entzückte!

Die gottgedachte Spur, die sich erhalten!
Ein Blick, der mich an jenes Meer entrückte,
Das flutend strömt gesteigerte Gestalten.
Geheim Gefäß! Orakelsprüche spendend,
Wie bin ich wert, dich in der Hand zu halten?
Dich höchsten Schatz aus Moder fromm entwendend
Und in die freie Luft, zu freiem Sinnen,
Zum Sonnenlicht andächtig hin mich wendend.
Was kann der Mensch im Leben mehr gewinnen,
Als daß sich Gott-Natur ihm offenbare?
Wie sie das Feste läßt zu Geist verrinnen,
Wie sie das Geisterzeugte fest bewahre.

Gott und Welt

Grenzen der Menschheit

Wenn der uralte
Heilige Vater
Mit gelassener Hand
Aus rollenden Wolken
Segnende Blitze
Über die Erde sät,
Küss ich den letzten
Saum seines Kleides,
Kindliche Schauer
Treu in der Brust.

Denn mit Göttern
Soll sich nicht messen
Irgend ein Mensch.
Hebt er sich aufwärts
Und berührt
Mit dem Scheitel die Sterne,
Nirgends haften dann
Die unsichern Sohlen,
Und mit ihm spielen
Wolken und Winde.

Steht er mit festen,
Markigen Knochen
Auf der wohlgegründeten
Dauernden Erde,
Reicht er nicht auf,
Nur mit der Eiche
Oder der Rebe
Sich zu vergleichen.

Was unterscheidet
Götter von Menschen?
Daß viele Wellen
Vor jenen wandeln,
Ein ewiger Strom:
Uns hebt die Welle,
Verschlingt die Welle,
Und wir versinken.

Ein kleiner Ring
Begrenzt unser Leben,
Und viele Geschlechter
Reihen sich dauernd
An ihres Daseins
Unendliche Kette.

Vermischte Gedichte

Würdige Prachtgebäude stürzen,
Mauer fällt, Gewölbe bleiben,
Daß, nach tausendjährgem Treiben,
Tor und Pfeiler sich verkürzen.
Dann beginnt das Leben wieder,
Boden mischt sich neuen Saaten,
Rank auf Ranke senkt sich nieder;
Der Natur ist's wohl geraten.

Wilhelm Tischbeins Idyllen

Kannst du sagen: Das ist! da alles vorüber geht? da alles mit der Wetterschnelle vorüber rollt, so selten die ganze Kraft seines Daseins ausdauert, ach! in den Strom fortgerissen, untergetaucht und an Felsen zerschmettert wird? Da ist kein Augenblick, der nicht dich verzehrte und die Deinigen um dich her, kein Augenblick, da du nicht ein Zerstörer bist, sein mußt; der harmloseste Spaziergang kostet tausend armen Würmchen das Leben, es zerrüttet Ein Fußtritt die mühseligen Gebäude der Ameisen, und stampft eine kleine Welt in ein schmähliches Grab. Ha! nicht die große seltne Not der Welt, diese Fluten, die eure Dörfer wegspülen, diese Erdbeben, die eure Städte verschlingen, rühren mich; mir untergräbt das Herz die verzehrende Kraft, die in dem All der Natur verborgen liegt; die nichts gebildet hat, das nicht seinen Nachbar, nicht sich selbst zerstörte. Und so taumle ich beängstigt. Himmel und Erde und ihre webenden Kräfte um mich her: Ich sehe nichts, als ein ewig verschlingendes, ewig wiederkäuendes Ungeheuer.

Die Leiden des jungen Werthers
1. Fassung, 1. Teil

Wenn die gesunde Natur des Menschen als ein Ganzes wirkt, wenn er sich in der Welt als in einem großen, schönen, würdigen und werten Ganzen fühlt, wenn das harmonische Behagen ihm ein reines freies Entzücken gewährt, dann würde das Weltall, wenn es sich selbst empfinden könnte, als an sein Ziel gelangt aufjauchzen und den Gipfel des eigenen Werdens und Wesens bewundern. Denn wozu dient alle der Aufwand von Sonnen und Planeten und Monden, von Sternen und Milchstraßen, von Kometen und Nebelflecken, von gewordenen und werdenden Welten, wenn sich nicht zuletzt ein glücklicher Mensch unbewußt seines Daseins erfreut?

Winckelmann und sein Jahrhundert

Selige Sehnsucht

Sagt es niemand, nur den Weisen,
Weil die Menge gleich verhöhnet,
Das Lebendge will ich preisen
Das nach Flammentod sich sehnet.

In der Liebesnächte Kühlung,
Die dich zeugte, wo du zeugtest,
Überfällt dich fremde Fühlung
Wenn die stille Kerze leuchtet.

Nicht mehr bleibest du umfangen
In der Finsternis Beschattung,
Und dich reißet neu Verlangen
Auf zu höherer Begattung.

Keine Ferne macht dich schwierig,
Kommst geflogen und gebannt,
und zuletzt, des Lichts begierig,
Bist du Schmetterling verbrannt.

Und so lang du das nicht hast,
Dieses: Stirb und werde!
Bist du nur ein trüber Gast
Auf der dunklen Erde.

West-östlicher Divan

II
Mensch und Natur

Und wer durch alle die Elemente,
Feuer, Luft, Wasser und Erde, rennte,
Der wird zuletzt sich überzeugen,
Er sei kein Wesen ihresgleichen.

Gott, Gemüt und Welt

»Die Natur verbirgt Gott!« Aber nicht jedem!

Maximen und Reflexionen
Nachlaß: Über Literatur und Leben

Der Zweck des Lebens ist das Leben selbst ...

An Johann Heinrich Meyer, 8. 2. 1796

»Es ist dem Menschen natürlich«, sagte Goethe, »sich als das Ziel der Schöpfung zu betrachten und alle übrigen Dinge nur in bezug auf sich und insofern sie ihm dienen und nützen. Er bemächtiget sich der vegetabilischen und animalischen Welt, und indem er andere Geschöpfe als passende Nahrung verschlingt, erkennet er seinen Gott und preiset dessen Güte, die so väterlich für ihn gesorget. Der Kuh nimmt er die Milch, der Biene den Honig, dem Schaf die Wolle, und indem er den Dingen einen ihm nützlichen Zweck gibt, glaubt er auch, daß sie dazu sind geschaffen worden. Ja er kann sich nicht denken, daß nicht auch das kleinste Kraut für ihn da sei, und wenn er dessen Nutzen noch gegenwärtig nicht erkannt hat, so glaubt er doch, daß solches sich künftig ihm gewiß entdecken werde.

Und wie der Mensch nun im allgemeinen denkt, so denkt er auch im besondern, und er unterläßt nicht, seine gewohnte Ansicht aus dem Leben auch in die Wissenschaft zu tragen und auch bei den einzelnen Teilen eines organischen Wesens nach deren Zweck und Nutzen zu fragen.

Dies mag auch eine Weile gehen, und er mag auch in der Wissenschaft eine Weile damit durchkommen; allein gar bald wird er auf Erscheinungen stoßen, wo er mit einer so kleinen Ansicht nicht ausreicht, und wo er, ohne höheren Halt, sich in lauter Widersprüchen verwickelt.

Solche Nützlichkeitslehrer sagen wohl: der Ochse habe Hörner, um sich damit zu wehren. Nun frage ich aber: warum hat das Schaf keine? und, wenn es welche hat, warum sind sie ihm um die Ohren gewickelt, so daß sie ihm zu nichts dienen?
Etwas anderes aber ist es, wenn ich sage: der Ochse wehrt sich mit seinen Hörnern, weil er sie hat.
Die Frage nach dem Zweck, die Frage Warum? ist durchaus nicht wissenschaftlich. Etwas weiter aber kommt man mit der Frage Wie? Denn wenn ich frage: wie hat der Ochse Hörner? so führet mich das auf die Betrachtung seiner Organisation und belehret mich zugleich, warum der Löwe keine Hörner hat und haben kann.
So hat der Mensch in seinem Schädel zwei unausgefüllte hohle Stellen. Die Frage Warum? würde hier nicht weit reichen, wogegen aber die Frage Wie? mich belehret, daß diese Höhlen Reste des tierischen Schädels sind, die sich bei solchen geringeren Organisationen in stärkerem Maße befinden und die sich beim Menschen, trotz seiner Höhe, noch nicht ganz verloren haben.
Die Nützlichkeitslehrer würden glauben, ihren Gott zu verlieren, wenn sie nicht den anbeten sollen, der dem Ochsen die Hörner gab, damit er sich verteidige. Mir aber möge man erlauben, daß ich den verehre, der in dem Reichtum seiner Schöpfung so groß war, nach tausendfältigen Pflanzen noch eine zu machen, worin alle übrigen enthalten, und nach tausendfältigen Tieren ein Wesen, das sie alle enthält: den Menschen.
Man verehre ferner den, der dem Vieh sein Futter gibt und dem Menschen Speise und Trank, so viel er genießen mag. Ich aber bete den an, der eine solche Produktionskraft in die Welt gelegt hat, daß, wenn nur der millionteste Teil davon ins Leben tritt, die Welt von Geschöpfen wimmelt, so daß Krieg, Pest, Wasser und Brand ihr nichts anzuhaben vermögen. Das ist mein Gott!«

Eckermann, Gespräche, 20. 2. 1831

Es ist ein angenehmes Geschäft, die Natur zugleich und sich selbst zu erforschen, weder ihr noch seinem Geiste Gewalt anzutun, sondern beide durch gelinden Wechseleinfluß miteinander ins Gleichgewicht zu setzen.

Maximen und Reflexionen
Nachlaß: Natur – Naturwissenschaft

Alles, was wir Erfinden, Entdecken im höheren Sinne nennen, ist die bedeutende Ausübung, Betätigung eines originalen Wahrheitsgefühles, das, im stillen längst ausgebildet, unversehens, mit Blitzesschnelle zu einer fruchtbaren Erkenntnis führt. Es ist eine aus dem Innern am Äußern sich entwickelnde Offenbarung, die den Menschen seine Gottähnlichkeit vorahnen läßt. Es ist eine Synthese von Welt und Geist, welche von der ewigen Harmonie des Daseins die seligste Versicherung gibt.

Maximen und Reflexionen
Aus Wilhelm Meisters Wanderjahren

Wer das Rechte kann, der soll es wollen;
Wer das Rechte will, der sollt es können,
Und ein jeder kann's, der sich bescheidet,
Schöpfer seines Glücks zu sein im Kleinen.

Der du an dem Weberstuhle sitzest,
Unterrichtet, mit behenden Gliedern
Fäden durch die Fäden schlingest, alle
Durch den Taktschlag aneinander drängest,
Du bist Schöpfer, daß die Gottheit lächeln
Deiner Arbeit muß und deinem Fleiße.
Du beginnest weislich und vollendest
Emsig, und aus deiner Hand empfänget
Jeglicher zufrieden das Gewandstück;
Einen Festtag schaffst du jedem Haushalt.

So im Kleinen ewig wie im Großen
Wirkt Natur, wirkt Menschengeist, und beide
Sind ein Abglanz jenes Urlichts droben,
Das unsichtbar alle Welt erleuchtet.

Vorspiel zur Eröffnung des
Weimarer Theaters 1807

Schon früher habe ich an mancher Stelle den Unmut geäußert, den mir in jüngeren Jahren die Lehre von den untern und obern Seelenkräften erregte. In dem menschlichen Geiste sowie im Universum ist nichts oben noch unten, alles fordert gleiche Rechte an einen gemeinsamen Mittelpunkt, der sein geheimes Dasein eben durch das harmonische Verhältnis aller Teile zu ihm manifestiert. Alle Streitigkeiten der Ältern und Neuern bis zur neusten Zeit entspringen aus der Trennung dessen, was Gott in seiner Natur vereint hervorgebracht. Recht gut wissen wir, daß in einzelnen menschlichen Naturen gewöhnlich ein Übergewicht irgendeines Vermögens, einer Fähigkeit sich hervortut und daß daraus Einseitigkeiten der Vorstellungsart notwendig entspringen, indem der Mensch die Welt nur durch sich kennt und also, naiv anmaßlich, die Welt durch ihn und um seinetwillen aufgebaut glaubt. Daher kommt denn, daß er seine Hauptfähigkeiten an die Spitze des Ganzen setzt und, was an ihm das Mindere sich findet, ganz und gar ableugnen und aus seiner eigenen Totalität hinausstoßen möchte. Wer nicht überzeugt ist, daß er alle Manifestationen des menschlichen Wesens, Sinnlichkeit und Vernunft, Einbildungskraft und Verstand, zu einer entschiedenen Einheit ausbilden müsse, welche von diesen Eigenschaften auch bei ihm die vorwaltende sei, der wird sich in einer unerfreulichen Beschränkung immerfort abquälen.

Zur Wissenschaftslehre, Stiedenroth

Wenn einer fünfundsiebzig Jahre alt ist, kann es nicht fehlen, daß er mitunter an den Tod denke. Mich läßt dieser Gedanke in völliger Ruhe, denn ich habe die feste Überzeugung, daß unser Geist ein Wesen ist ganz unzerstörbarer Natur; es ist ein fortwirkendes von Ewigkeit zu Ewigkeit. Es ist der Sonne ähnlich, die bloß unsern irdischen Augen unterzugehen scheint, die aber nie untergeht, sondern unaufhörlich fortleuchtet.

Eckermann, Gespräche, 2. 5. 1824

Gott, wenn wir hoch stehen, ist alles; stehen wir niedrig, so ist er ein Supplement unsrer Armseligkeit.

Wir sind naturforschend Pantheisten, dichtend Polytheisten, sittlich Monotheisten.

Maximen und Reflexionen
Nachlaß: Über Literatur und Leben

Die Funktion ist das Dasein, in Tätigkeit gedacht.

Maximen und Reflexionen
Nachlaß: Skizziertes, Zweifelhaftes

Wenn ich mich beim Urphänomen zuletzt beruhige, so ist es doch auch nur Resignation; aber es bleibt ein großer Unterschied, ob ich mich an den Grenzen der Menschheit resigniere oder innerhalb einer hypothetischen Beschränktheit meines bornierten Individuums.

Maximen und Reflexionen
Aus Wilhelm Meisters Wanderjahren

Und doch ist die Welt nur ein einfach Rad, in dem ganzen Umkreise sich gleich und gleich, das uns aber so wunderlich vorkommt, weil wir selbst mit herumgetrieben werden.

Italienische Reise, 2. Teil, Neapel 1787

Man kann die Erfahrung nicht früh genug machen, wie entbehrlich man in der Welt ist. Welche wichtige Personen glauben wir zu sein! Wir denken allein den Kreis zu beleben, in welchem wir wirken; in unserer Abwesenheit muß, bilden wir uns ein, Leben, Nahrung und Atem stocken, und die Lücke, die entsteht, wird kaum bemerkt, sie füllt sich so geschwind wieder aus, ja sie wird oft nur der Platz, wo nicht für etwas Besseres, doch für etwas Angenehmeres.

Wilhelm Meisters Lehrjahre
7. Buch, 8. Kapitel

Erscheinen uns denn eben die schönsten Farben des Lebens nur auf dunklem Grunde? Und müssen Tropfen fallen, wenn wir entzückt werden sollen? Ein heiterer Tag ist wie ein grauer, wenn wir ihn ungerührt ansehen, und was kann uns rühren, als die stille Hoffnung, daß die angeborne Neigung unsers Herzens nicht ohne Gegenstand bleiben werde? Uns rührt die Erzählung jeder guten Tat, uns rührt das Anschauen jedes harmonischen Gegenstandes; wir fühlen dabei, daß wir nicht ganz in der Fremde sind, wir wähnen einer Heimat näher zu sein, nach der unser Bestes, Innerstes ungeduldig hinstrebt.

Wilhelm Meisters Lehrjahre
7. Buch, 1. Kapitel

Wär nicht das Auge sonnenhaft,
Die Sonne könnt es nie erblicken;
Läg nicht in uns des Gottes eigne Kraft,
Wie könnt uns Göttliches entzücken?

Zahme Xenien III

»Das Höchste, wozu der Mensch gelangen kann«, sagte Goethe bei dieser Gelegenheit, »ist das Erstaunen; und wenn ihn das Urphänomen in Erstaunen setzt, so sei er zufrieden; ein Höheres kann es ihm nicht gewähren, und ein Weiteres soll er nicht dahinter suchen; hier ist die Grenze. Aber den Menschen ist der Anblick eines Urphänomens gewöhnlich noch nicht genug, sie denken, es müsse noch weiter gehen, und sie sind den Kindern ähnlich, die, wenn sie in einen Spiegel geguckt, ihn sogleich umwenden, um zu sehen, was auf der anderen Seite ist.«

Eckermann, Gespräche, 18. 2. 1829

Das unmittelbare Gewahrwerden der Urphänomene versetzt uns in eine Art von Angst: wir fühlen unsere Unzulänglichkeit; nur durch das ewige Spiel der Empirie belebt, erfreuen sie uns.

Maximen und Reflexionen
Aus den Heften zur Naturwissenschaft

Was bin ich denn gegen das All? sprach er zu seinem Geiste: wie kann ich ihm gegenüber, wie kann ich in seiner Mitte stehen? ... Wie kann sich der Mensch gegen das Unendliche stellen, als wenn er alle geistigen Kräfte die nach vielen Seiten hingezogen werden in seinem Innersten, Tiefsten versammelt, wenn er sich fragt: Darfst du dich in der Mitte dieser ewig lebendigen Ordnung auch nur denken, sobald sich nicht gleichfalls in dir ein beharrlich Bewegtes, um einen reinen Mittelpunkt kreisend, hervortut? Und selbst wenn es dir schwer würde, diesen Mittelpunkt in deinem Busen aufzufinden, so würdest du ihn daran erkennen, daß eine wohlwollende, wohltätige Wirkung von ihm ausgeht und von ihm Zeugnis gibt.

Wilhelm Meisters Wanderjahre
1. Buch, 10. Kapitel

Bei Betrachtung der Natur im großen wie im kleinen hab ich unausgesetzt die Frage gestellt: Ist es der Gegenstand oder bist du es, der sich hier ausspricht? Und in diesem Sinne betrachtete ich auch Vorgänger und Mitarbeiter.

Aphorismen und Fragmente
Wissenschaftsgeschichte

Alles ist gleich, alles ungleich, alles nützlich und schädlich, sprechend und stumm, vernünftig und unvernünftig. Und was man von einzelnen Dingen bekennt, widerspricht sich öfters.

Denn das Gesetz haben die Menschen sich selbst auferlegt, ohne zu wissen, über was sie Gesetze gaben; aber die Natur haben alle Götter geordnet.

Was nun die Menschen gesetzt haben, das will nicht passen, es mag recht oder unrecht sein; was aber die Götter setzten, das ist immer am Platz, recht oder unrecht.

Warum ich zuletzt am liebsten mit der Natur verkehre, ist, weil sie immer recht hat und der Irrtum bloß auf meiner Seite sein kann. Verhandle ich hingegen mit Menschen, so irren sie, dann ich, auch sie wieder und immer so fort, da kommt nichts aufs reine; weiß ich mich aber in die Natur zu schicken, so ist alles getan.

Die Natur bekümmert sich nicht um irgendeinen Irrtu[m]; sie selbst kann nicht anders als ewig recht handeln, unbekümmert was daraus erfolgen möge.

Das Wahre ist gottähnlich: es erscheint nicht unmittelbar, wir müssen es aus seinen Manifestationen erraten.

Alle Verhältnisse der Dinge wahr. Irrtum allein in dem Menschen. An ihm nichts wahr, als daß er irrt, sein Verhältnis zu sich, zu andern, zu den Dingen nicht finden kann.

Irren heißt, sich in einem Zustande befinden, als wenn das Wahre gar nicht wäre; den Irrtum sich und andern entdecken, heißt rückwärts erfinden.

Das Falsche hat den Vorteil, daß man darüber immer fortschwätzen kann. Das Wahre muß gleich genützt werden, sonst ist es nicht da.

Aphorismen und Fragmente
Wahrheit und Irrtum

Die Natur wirkt nach Gesetzen, die sie sich in Eintracht mit dem Schöpfer vorschrieb, die Kunst nach Regeln, über die sie sich mit dem Genie einverstanden hat.

Maximen und Reflexionen
Nachlaß: Kunst – Kunstgeschichte

Es kommt alles darauf an, daß uns die Allgegenwart des Lebens und die Allbildsamkeit desselben immer vor Augen sei; das übrige folgt alles daraus.

Organische Natur: ins kleinste lebendig; Kunst: ins kleinste empfunden.

Die Natur füllt mit ihrer grenzenlosen Produktivität alle Räume. Betrachten wir nur bloß unsere Erde: alles, was wir bös, unglücklich nennen, kommt daher, daß sie nicht allem Entstehenden Raum geben, noch weniger ihm Dauer verleihen kann.

Alles, was entsteht, sucht sich Raum und will Dauer; deswegen verdrängt es ein anderes vom Platz und verkürzt seine Dauer.

Das Lebendige hat die Gabe, sich nach den vielfältigsten Bedingungen äußerer Einflüsse zu bequemen und doch eine gewisse errungene entschiedene Selbständigkeit nicht aufzugeben.

Man gedenke der leichten Erregbarkeit aller Wesen, wie der mindeste Wechsel einer Bedingung, jeder Hauch, gleich in den Körpern Polarität manifestiert, die eigentlich in ihnen allen schlummert.

Spannung ist der indifferent scheinende Zustand eines energischen Wesens, in völliger Bereitschaft, sich zu manifestieren, zu differenzieren, zu polarisieren.

Natürlich System: ein widersprechender Ausdruck. Die Natur hat kein System, sie hat, sie ist Leben und Folge aus einem unbekannten Zentrum, zu einer nicht erkennbaren Grenze. Naturbetrachtung ist daher endlos, man mag ins einzelnste teilend verfahren oder im ganzen nach Breite und Höhe die Spur verfolgen.

Aphorismen und Fragmente, Natur

Unsere Vorfahren bewunderten die Sparsamkeit der Natur. Man dachte sie als eine verständige Person, die, indessen andere mit vielem wenig hervorbringen, mit wenigem viel zu leisten geneigt ist. Wir bewundern mehr, wenn wir uns auch auf menschliche Weise ausdrücken, ihre Gewandtheit, wodurch sie, obgleich auf wenige Grundmaximen eingeschränkt, das Mannigfaltigste hervorzubringen weiß.

Sie bedient sich hierzu des Lebensprinzips, welches die Möglichkeit enthält, die einfachsten Anfänge der Erscheinungen durch Steigerung ins Unendliche und Unähnlichste zu vermannigfaltigen.
Was in die Erscheinung tritt, muß sich trennen, um nur zu erscheinen. Das Getrennte sucht sich wieder, und es kann sich wieder finden und vereinigen; im niedern Sinne, indem es sich nur mit seinem Entgegengestellten vermischt, mit demselben zusammentritt, wobei die Erscheinung Null oder wenigstens gleichgültig wird. Die Vereinigung kann aber auch im höhern Sinne geschehen, indem das Getrennte sich zuerst steigert und durch die Verbindung der gesteigerten Seiten ein Drittes, Neues, Höheres, Unerwartetes hervorbringt.

Zur Wissenschaftslehre, Polarität

Genius

die Büste der Natur enthüllend

Bleibe das Geheimnis teuer!
Laß den Augen nicht gelüsten!
Sphinx-Natur, ein Ungeheuer,
Schreckt sie dich mit hundert Brüsten.

Suche nicht verborgne Weihe!
Unterm Schleier laß das Starre!
Willst du leben, guter Narre,
Sieh nur hinter dich ins Freie.

Anschaun, wenn es dir gelingt,
Daß es erst ins Innre dringt,
Dann nach außen wiederkehrt,
Bist am herrlichsten belehrt.

Gedichte aus dem Nachlaß
Zu Kunst und Bildern

Das All es wird so hingenötigt,
Der Mensch allein er hat die Wahl.

Gedichte aus dem Nachlaß
Paralipomena

Was hieße wohl die Natur ergründen?
Gott ebenso außen als innen zu finden.

Gedichte aus dem Nachlaß
Epigrammatisch

Verweile nicht und sei dir selbst ein Traum,
Und wie du reisest, danke jedem Raum,
Bequeme dich dem Heißen wie dem Kalten;
Dir wird die Welt, du wirst ihr nie veralten.

Sprichwörtlich

III
Mensch unter Menschen

Hypochonder

Der Teufel hol das Menschengeschlecht!
Man möchte rasend werden!
Da nehm ich mir so eifrig vor:
Will niemand weiter sehen,
Will all das Volk Gott und sich selbst
Und dem Teufel überlassen!
Und kaum seh ich ein Menschengesicht,
So hab ichs wieder lieb.

Epigrammatisch

Nicht allein das Angeborene, sondern auch das Erworbene ist der Mensch.

Maximen und Reflexionen
Nachlaß: Über Literatur und Leben

Jedes Wesen, das sich als eine Einheit fühlt, will sich in seinem eigenen Zustand ungetrennt und unverrückt erhalten. Dies ist eine ewige notwendige Gabe der Natur, und so kann man sagen, jedes einzelne habe Charakter bis zum Wurm hinunter, der sich krümmt, wenn er getreten wird. In diesem Sinne dürfen wir dem Schwachen, ja dem Feigen selbst Charakter zuschreiben: denn er gibt auf, was andere Menschen über alles schätzen, was aber nicht zu seiner Natur gehört: die Ehre, den Ruhm, nur damit er seine Persönlichkeit erhalte. Doch bedient man sich des Wortes Charakter gewöhnlich in einem höheren Sinne: wenn nämlich eine Persönlichkeit von bedeutenden Eigenschaften auf ihrer Weise verharret und sich durch nichts davon abwendig machen läßt.
Einen starken Charakter nennt man, wenn er sich allen äußerlichen Hindernissen mächtig entgegensetzt und seine Eigentümlichkeit, selbst mit Gefahr seine Persönlichkeit zu verlieren, durchzusetzen sucht. Einen großen Charakter nennt man, wenn die Stärke desselben zugleich mit großen, unübersehlichen, unendlichen Eigenschaften, Fähigkeiten verbunden ist und durch ihn ganz originelle unerwartete Absichten, Plane und Taten zum Vorschein kommen.
Ob nun gleich jeder wohl einsieht, daß hier eigentlich das Überschwengliche, wie überhaupt, die Größe macht, so muß man sich doch ja nicht irren und etwa glauben, daß hier von einem Sittlichen die Rede sei. Das Hauptfundament des Sittlichen ist der gute Wille, der

seiner Natur nach nur aufs Rechte gerichtet sein kann; das Hauptfundament des Charakters ist das entschiedene Wollen, ohne Rücksicht auf Recht und Unrecht, auf Gut und Böse, auf Wahrheit oder Irrtum: es ist das, was jede Partei an den ihrigen so höchlich schätzt. Der Wille gehört der Freiheit, er bezieht sich auf den innern Menschen, auf den Zweck; das Wollen gehört der Natur und bezieht sich auf die äußere Welt, auf die Tat: und weil das irdische Wollen nur immer ein beschränktes sein kann, so läßt sich beinahe voraussetzen, daß in der Ausübung das höhere Rechte niemals oder nur durch Zufall gewollt werden kann.

Farbenlehre, Historischer Teil

Der Mensch hat verschiedene Stufen, die er durchlaufen muß, und jede Stufe führt ihre besonderen Tugenden und Fehler mit sich, die in der Epoche, wo sie kommen, durchaus als naturgemäß zu betrachten und gewissermaßen recht sind.

Eckermann, Gespräche, 6. 3. 1831

Es gibt indes wenige Menschen, die eine Phantasie für die Wahrheit des Realen besitzen, vielmehr ergehen sie sich gerne in seltsamen Ländern und Zuständen, wovon sie gar keine Begriffe haben und die ihre Phantasie ihnen wunderlich genug ausbilden mag.

Eckermann, Gespräche, 25. 12. 1825

Die Menschen haben sich stets geängstigt und geplagt; sie haben sich untereinander gequält und gemartert; sie haben sich und anderen das bißchen Leben sauer gemacht, und die Schönheit der Welt und die Süßigkeit des Daseins, welche die schöne Welt ihnen darbietet weder zu achten noch zu genießen vermocht.

Gespräch mit Heinrich Luden, 19. 8. 1806

Wie einer ist, so ist sein Gott;
Darum ward Gott so oft zu Spott.

Zahme Xenien IV

Wir sehen in unser Leben doch nur als in ein Zerstückeltes zurück, weil das Versäumte, Mißlungene uns immer zuerst entgegentritt und das Geleistete, Erreichte in der Einbildungskraft überwiegt.

Maximen und Reflexionen
Aus den Heften zur Morphologie

Der Mensch bedarf so unendlich vieler äußeren Vor- und Mitwirkungen zu einem leidlichen Dasein, daß wenn er der Sonne und der Erde, Gott und der Natur, Vorvordern und Eltern, Freunden und Gesellen immer den gebührenden Dank abtragen wollte, ihm weder Zeit noch Gefühl übrig bliebe, um neue Wohltaten zu empfangen und zu genießen.

Dichtung und Wahrheit,
2. Teil, 10. Buch

Glaube, Liebe, Hoffnung fühlten einst in ruhiger geselliger Stunde einen plastischen Trieb in ihrer Natur; sie befleißigten sich zusammen und schufen ein liebliches Gebild, eine Pandora im höhern Sinne: die Geduld.

Maximen und Reflexionen
Nachlaß: Über Literatur und Leben

Das Ideale im Menschen, wenn diesem die Objekte genommen oder verkümmert werden, zieht sich in sich, feinert und steigert sich, daß es sich gleichsam übertrumpft.

Die meisten Menschen im Norden haben viel mehr Ideales in sich, als sie brauchen können, als sie verarbeiten können; daher die sonderbaren Erscheinungen von Sentimentalität, Religiosität, Mystizismus und so weiter.

Gespräch mit Friedrich Wilhelm Riemer
August 1808

Mangel an Charakter der einzelnen forschenden und schreibenden Individuen ist die Quelle alles Übels unserer neuesten Literatur.
Besonders in der Kritik zeigt dieser Mangel sich zum Nachteile der Welt, indem er entweder Falsches für Wahres verbreitet, oder durch ein ärmliches Wahres uns um etwas Großes bringt, das uns besser wäre.

Eckermann, Gespräche, 15. 10. 1825

Das Publikum, besonders das deutsche, ist eine närrische Karikatur des Demos. Es bildet sich wirklich ein, eine Art von Instanz, von Senat auszumachen und im Leben und Lesen dieses oder jenes wegvotieren zu können, was ihm nicht gefällt. Dagegen ist kein Mittel als ein stilles Ausharren.

Gespräch mit Friedrich Wilhelm Riemer
31. 12. 1809

Wir Deutschen sind von gestern. Wir haben zwar seit einem Jahrhundert ganz tüchtig kultiviert; allein es können noch ein paar Jahrhunderte hingehen, ehe bei unseren Landsleuten so viel Geist und höhere Kultur eindringe und allgemein werde, daß sie gleich den Griechen der Schönheit huldigen, daß sie sich für ein hübsches Lied begeistern und daß man von ihnen wird sagen können, es sei lange her, daß sie Barbaren gewesen.

Eckermann, Gespräche, 3. 5. 1827

Dem Menschen ist verhaßt, was er nicht glaubt selbst getan zu haben; deswegen der Parteigeist so eifrig ist. Jeder Alberne glaubt, ins beste einzugreifen, und alle Welt, die nichts ist, wird zu was.

Wie viele Jahre muß man nicht tun, um nur einigermaßen zu wissen, was und wie es zu tun sei!

Maximen und Reflexionen
Nachlaß: Über Literatur und Leben

Also wie der Mensch ißt und trinkt und verdaut, ohne zu denken, daß er einen Magen hat, also sieht er, vernimmt er, handelt, und verbindet seine Erfahrungen, ohne sich dessen eigentlich bewußt zu sein.

Aus Lavaters physiognomischen Fragmenten

Der Charakter überhaupt äußert sich in der Fähigkeit zu wirken, gegenzuwirken und, was mehr ist, sich zu beschränken, zu dulden, zu ertragen.

Volksdichtung, Volksbuch

Beim Zerstören gelten alle falschen Argumente, beim Aufbauen keineswegs. Was nicht wahr ist, baut nicht.

Maximen und Reflexionen
Nachlaß: Über Literatur und Leben

Man spricht immer vom Studium der Alten; allein was will das anders sagen, als: richte dich auf die wirkliche Welt und suche sie auszusprechen; denn das taten die Alten auch, da sie lebten . . .
Ich will Ihnen etwas entdecken, und Sie werden es in Ihrem Leben vielfach bestätigt finden. Alle im Rück-

schreiten und in der Auflösung begriffenen Epochen sind subjektiv, dagegen aber haben alle vorschreitenden Epochen eine objektive Richtung. Unsere ganze jetzige Zeit ist eine rückschreitende, denn sie ist eine subjektive. Dieses sehen Sie nicht bloß an der Poesie, sondern auch an der Malerei und vielem anderen. Jedes tüchtige Bestreben dagegen wendet sich aus dem Inneren hinaus auf die Welt, wie Sie an allen großen Epochen sehen, die wirklich im Streben und im Vorschreiten begriffen und alle objektiver Natur waren.

Eckermann, Gespräche, 29. 1. 1826

Es ist immer ein Zeichen einer unproduktiven Zeit, wenn sie so ins Kleinliche des Technischen geht, und ebenso ist es ein Zeichen eines unproduktiven Individuums, wenn es sich mit dergleichen befaßt.

Eckermann, Gespräche, 11. 2. 1831

Fahrt nur fort, nach eurer Weise
Die Welt zu überspinnen!
Ich in meinem lebendigen Kreise
Weiß das Leben zu gewinnen.

Zahme Xenien I

Wenn nur die Menschen das Rechte, nachdem es gefunden, nicht wieder umkehrten und verdüsterten, so wäre ich zufrieden; denn es täte der Menschheit ein Positives not, das man ihr von Generation zu Generation überlieferte, und es wäre doch gut, wenn das Positive zugleich das Rechte und Wahre wäre. In dieser Hinsicht sollte es mich freuen, wenn man in den Naturwissenschaften aufs reine käme und sodann im Rechten beharrte und nicht wieder transzendierte, nachdem im Faßlichen alles getan worden. Aber die Menschen können keine Ruhe halten, und ehe man es sich versieht, ist die Verwirrung wieder obenauf.

Eckermann, Gespräche, 1. 2. 1827

Ich bin nicht zum tragischen Dichter geboren, da meine Natur konziliant ist; daher kann der rein-tragische Fall mich nicht interessieren, welcher eigentlich von Haus aus unversöhnlich sein muß, und in dieser übrigens so äußerst platten Welt kommt mir das Unversöhnliche ganz absurd vor.

An Karl Friedrich Zelter
31. 10. 1831

Allerdings ist in der Kunst und Poesie die Persönlichkeit alles; allein doch hat es unter den Kritikern und Kunstrichtern der neuesten Zeit schwache Personagen gegeben, die dieses nicht zugestehen und die eine große Persönlichkeit bei einem Werke der Poesie oder Kunst nur als eine Art von geringer Zugabe wollten betrachtet wissen.
Aber freilich, um eine große Persönlichkeit zu empfinden und zu ehren, muß man auch wiederum selber etwas sein. Alle, die dem Euripides das Erhabene abgesprochen, waren arme Heringe und einer solchen Erhebung nicht fähig; oder sie waren unverschämte Scharlatane, die durch Anmaßlichkeit in den Augen einer schwachen Welt mehr aus sich machen wollten und auch wirklich machten, als sie waren.

Eckermann, Gespräche, 13. 2. 1831

Eigentlich lernen wir nur von Büchern, die wir nicht beurteilen können. Der Autor eines Buchs, das wir beurteilen könnten, müßte von uns lernen.

Maximen und Reflexionen
Aus Kunst und Altertum

Die Leute
Erkläre mir, was glücklich heißt.

Krates
Das nackte Kind, das zagt nicht;
Mit seinem Pfennig springt es fort
Und kennt recht gut den Semmelort,
Ich meine des Bäckers Laden.

Die Leute
Sprich! wer Unsterblichkeit beweist.

Aristipp
Den rechten Lebensfaden
Spinnt einer, der lebt und leben läßt;
Er drille zu, er zwirne fest,
Der liebe Gott wird weifen.

Die Leute
Ists besser törig oder klug?

Demokrit
Das läßt sich auch begreifen.
Hält sich der Narr für klug genug,
So gönnt es ihm der Weise.

Die Leute
Herrscht Zufall bloß und Augentrug?

Epikur
Ich bleib in meinem Gleise.
Den Zufall bändige zum Glück,
Ergetz am Augentrug den Blick;
Hast Nutz und Spaß von beiden.

Die Leute
Ist unsre Willensfreiheit Lug?

Zeno
Es kommt drauf an, zu wagen.
Nur halte deinen Willen fest,

Und gehst du auch zugrund zuletzt,
So hats nicht viel zu sagen.

Die Leute
Kam ich als böse schon zur Welt?

Pelagius
Man muß dich wohl ertragen.
Du brachtest aus der Mutter Schoß
Fürwahr ein unerträglich Los:
Gar ungeschickt zu fragen.

Die Leute
Ist Beßrungstrieb uns zugesellt?

Plato
Wär Beßrung nicht die Lust der Welt,
So würdest du nicht fragen.
Mit dir versuch erst umzugehn,
Und kannst du dich nicht selbst verstehn,
So quäl nicht andre Leute.

Die Leute
Doch herrschen Eigennutz und Geld!

Epiktet
Laß ihnen doch die Beute!
Die Rechenpfennige der Welt
Mußt du ihr nicht beneiden.

Die Leute
So sag, was uns mit Recht gefällt,
Eh wir auf immer scheiden.

Die Weisen
Mein erst Gesetz ist, in der Welt
Die Frager zu vermeiden.

Die Weisen und die Leute

Es ist der Mühe wert, lange zu leben und die mancherlei Pein zu ertragen, die ein unerforschlich waltendes Geschick in unsere Tage mischt, wenn wir zuletzt über uns selbst durch andere aufgeklärt werden, und das Problem unseres Strebens und Irrens sich in der Klarheit der Wirkungen auflöst, die wir hervorgebracht haben.

An Johann Friedrich Ludwig Wachler
24. 10. 1819

Wie es dir nicht im Leben ziemt,
Mußt du nach Ruhm auch nicht am Ende jagen:
Denn bist du nur erst hundert Jahr berühmt,
So weiß kein Mensch mehr was von dir zu sagen.

Zahme Xenien I

Kannst du lesen, so sollst du verstehen; kannst du schreiben, so mußt du etwas wissen; kannst du glauben, so sollst du begreifen; wenn du begehrst, wirst du sollen; wenn du forderst, wirst du nicht erlangen, und wenn du erfahren bist, sollst du nutzen.

Maximen und Reflexionen
Aus Wilhelm Meisters Wanderjahren

Die Welt urteilt nach dem Scheine.

Clavigo

Man muß bedenken, daß unter den Menschen gar viele sind, die doch auch etwas Bedeutendes sagen wollen, ohne produktiv zu sein, und da kommen die wunderlichsten Dinge an den Tag.

Maximen und Reflexionen
Aus Wilhelm Meisters Wanderjahren

Sobald der Mensch die Gegenstände um sich her gewahr wird, betrachtet er sie in bezug auf sich selbst, und mit Recht. Denn es hängt sein ganzes Schicksal davon ab, ob sie ihm gefallen oder mißfallen, ob sie ihn anziehen oder abstoßen, ob sie ihm nutzen oder schaden.

Zur Wissenschaftslehre
Der Versuch als Vermittler

Jeder Mensch in seiner Beschränktheit muß sich nach und nach eine Methode bilden, um nur zu leben. Er lernt sich allmählich kennen, auch die Zustände der Außenwelt; er fügt sich darein, setzt sich aber wieder auf sich selbst zurück und formt sich zuletzt Maximen des Betragens, womit er auch ganz gut durchkommend, sich andern mitteilt, von andern empfängt und je nachdem er Widerspruch oder Einstimmung erfährt, sich entfernt oder anschließt, und so halten wir's mit uns selbst und mit unsern Freunden. Selten ist es aber, daß Personen gleichsam die Hälften voneinander ausmachen, sich nicht abstoßen, sondern sich anschließen und einander ergänzen.

Die Schwierigkeit liegt hauptsächlich darin, daß die notwendigen Lebensmethoden voneinander abweichen und daß im Dekurs der Zeit niemand den andern übersieht.

Ich besaß die entwickelnde entfaltende Methode, keineswegs die zusammenstellende ordnende; mit den Erscheinungen nebeneinander wußt' ich nichts zu machen, hingegen mit ihrer Filiation mich eher zu benehmen.
Nun aber ist zu bedenken, daß ich sowenig als Schiller einer vollendeten Reife genoß, wie sie der Mann wohl wünschen sollte; deshalb denn zu der Differenz unserer Individualitäten die Gärung sich gesellte, die ein jeder mit sich selbst zu verarbeiten hatte; weswegen große Liebe und Zutrauen, Bedürfnis und Treue im hohen Grad gefordert wurden um ein freundschaftliches Ver-

hältnis ohne Störung immerfort zusammenwirken zu lassen.

Biographische Einzelnheiten
Mein Verhältnis zu Schiller

... die ganze Lebenstätigkeit verlangt eine Hülle, die gegen das äußere rohe Element, es sei Wasser oder Luft oder Licht, sie schütze, ihr zartes Wesen bewahre, damit sie das, was ihrem Innern spezifisch obliegt, vollbringe. Diese Hülle mag nun als Rinde, Haut oder Schale erscheinen; alles was zum Leben hervortreten, alles was lebendig wirken soll, muß eingehüllt sein.

Bildung und Umbildung

Aus Ottiliens Tagebuche

Wir blicken so gern in die Zukunft, weil wir das Ungefähre, was sich in ihr hin und her bewegt, durch stille Wünsche so gern zu unsern Gunsten heranleiten möchten.

Wir befinden uns nicht leicht in großer Gesellschaft, ohne zu denken, der Zufall, der so viele zusammenbringt, solle uns auch unsre Freunde herbeiführen.

Man mag noch so eingezogen leben, so wird man, ehe man sich's versieht, ein Schuldner oder ein Gläubiger.

Begegnet uns jemand, der uns Dank schuldig ist, gleich fällt es uns ein. Wie oft können wir jemand begegnen, dem wir Dank schuldig sind, ohne daran zu denken.

Sich mitzuteilen ist Natur; Mitgeteiltes aufzunehmen, wie es gegeben wird, ist Bildung.

Niemand würde viel in Gesellschaften sprechen, wenn er sich bewußt wäre, wie oft er die andern mißversteht.

Man verändert fremde Reden beim Wiederholen wohl nur darum so sehr, weil man sie nicht verstanden hat.

Wer vor andern lange allein spricht, ohne den Zuhörern zu schmeicheln, erregt Widerwillen.

Jedes ausgesprochene Wort erregt den Gegensinn.

Widerspruch und Schmeichelei machen beide ein schlechtes Gespräch.

Die angenehmsten Gesellschaften sind die, in welchen eine heitere Ehrerbietung der Glieder gegeneinander obwaltet.

Durch nichts bezeichnen die Menschen mehr ihren Charakter als durch das, was sie lächerlich finden.

Das Lächerliche entspringt aus einem sittlichen Kontrast, der auf eine unschädliche Weise für die Sinne in Verbindung gebracht wird.

Der sinnliche Mensch lacht oft, wo nichts zu lachen ist. Was ihn auch anregt, sein inneres Behagen kommt zum Vorschein.

Der Verständige findet fast alles lächerlich, der Vernünftige fast nichts.

Einem bejahrten Manne verdachte man, daß er sich noch um junge Frauenzimmer bemühte. »Es ist das einzige Mittel«, versetzte er, »sich zu verjüngen, und das will doch jedermann.«

Man läßt sich seine Mängel vorhalten, man läßt sich strafen, man leidet manches um ihrer willen mit Geduld; aber ungeduldig wird man, wenn man sie ablegen soll.

Gewisse Mängel sind notwendig zum Dasein des einzelnen. Es würde uns unangenehm sein, wenn alte Freunde gewisse Eigenheiten ablegten.

Man sagt: »Er stirbt bald«, wenn einer etwas gegen seine Art und Weise tut.

Was für Mängel dürfen wir behalten, ja an uns kultivieren? Solche, die den andern eher schmeicheln als sie verletzen.

Die Leidenschaften sind Mängel oder Tugenden, nur gesteigerte.

Unsre Leidenschaften sind wahre Phönixe. Wie der alte verbrennt, steigt der neue sogleich wieder aus der Asche hervor.

Große Leidenschaften sind Krankheiten ohne Hoffnung. Was sie heilen könnte, macht sie erst recht gefährlich.

Die Leidenschaft erhöht und mildert sich durchs Bekennen. In nichts wäre die Mittelstraße vielleicht wünschenswerter als im Vertrauen und Verschweigen gegen die, die wir lieben.

Man nimmt in der Welt jeden, wofür er sich gibt; aber er muß sich auch für etwas geben. Man erträgt die Unbequemen lieber, als man die Unbedeutenden duldet.

Man kann der Gesellschaft alles aufdringen, nur nicht, was eine Folge hat.

Wir lernen die Menschen nicht kennen, wenn sie zu uns kommen; wir müssen zu ihnen gehen, um zu erfahren, wie es mit ihnen steht.

Ich finde es beinahe natürlich, daß wir an Besuchenden mancherlei auszusetzen haben, daß wir sogleich, wenn sie weg sind, über sie nicht zum liebevollsten urteilen; denn wir haben sozusagen ein Recht, sie nach unserm Maßstabe zu messen. Selbst verständige und billige Menschen enthalten sich in solchen Fällen kaum einer scharfen Zensur.

Wenn man dagegen bei andern gewesen ist und hat sie mit ihren Umgebungen, Gewohnheiten, in ihren notwendigen unausweichlichen Zuständen gesehen, wie sie um sich wirken oder wie sie sich fügen, so gehört schon Unverstand und böser Wille dazu, um das lächerlich zu finden, was uns in mehr als einem Sinne ehrwürdig scheinen müßte.

Durch das, was wir Betragen und gute Sitten nennen, soll das erreicht werden, was außerdem nur durch Gewalt, oder auch nicht einmal durch Gewalt zu erreichen ist.

Der Umgang mit Frauen ist das Element guter Sitten.

Wie kann der Charakter, die Eigentümlichkeit des Menschen mit der Lebensart bestehen?

Das Eigentümliche müßte durch die Lebensart erst recht hervorgehoben werden. Das Bedeutende will jedermann, nur soll es nicht unbequem sein.

Die größten Vorteile im Leben überhaupt wie in der Gesellschaft hat ein gebildeter Soldat.

Rohe Kriegsleute gehen wenigstens nicht aus ihrem Charakter, und weil doch meist hinter der Stärke eine Gutmütigkeit verborgen liegt, so ist im Notfall auch mit ihnen auszukommen.

Niemand ist lästiger als ein täppischer Mensch vom Zivilstande. Von ihm könnte man die Feinheit fordern, da er sich mit nichts Rohem zu beschäftigen hat.

Zutraulichkeit an der Stelle der Ehrfurcht ist immer lächerlich. Es würde niemand den Hut ablegen, nachdem er kaum das Kompliment gemacht hat, wenn er wüßte, wie komisch das aussieht.

Es gibt kein äußeres Zeichen der Höflichkeit, das nicht einen tiefen sittlichen Grund hätte. Die rechte Erziehung wäre, welche dieses Zeichen und den Grund zugleich überlieferte.

Das Betragen ist ein Spiegel, in welchem jeder sein Bild zeigt.

Es gibt eine Höflichkeit des Herzens; sie ist der Liebe verwandt. Aus ihr entspringt die bequemste Höflichkeit des äußern Betragens.

Freiwillige Abhängigkeit ist der schönste Zustand, und wie wäre der möglich ohne Liebe!

Wir sind nie entfernter von unsern Wünschen, als wenn wir uns einbilden, das Gewünschte zu besitzen.

Niemand ist mehr Sklave als der sich für frei hält, ohne es zu sein.

Es darf sich einer nur für frei erklären, so fühlt er sich den Augenblick als bedingt. Wagt er es sich für bedingt zu erklären, so fühlt er sich frei.

Gegen große Vorzüge eines andern gibt es kein Rettungsmittel als die Liebe.

Es ist was Schreckliches um einen vorzüglichen Mann, auf den sich die Dummen was zugute tun.

Es gibt, sagt man, für den Kammerdiener keinen Helden. Das kommt aber bloß daher, weil der Held nur vom Helden anerkannt werden kann. Der Kammerdiener wird aber wahrscheinlich seinesgleichen zu schätzen wissen.

Es gibt keinen größern Trost für die Mittelmäßigkeit, als daß das Genie nicht unsterblich sei.

Die größten Menschen hängen immer mit ihrem Jahrhundert durch eine Schwachheit zusammen.

Man hält die Menschen gewöhnlich für gefährlicher als sie sind.

Toren und gescheite Leute sind gleich unschädlich. Nur die Halbnarren und Halbweisen, das sind die gefährlichsten.

Die Kunst beschäftigt sich mit dem Schweren und Guten.

Das Schwierige leicht behandelt zu sehen, gibt uns das Anschauen des Unmöglichen.

Die Schwierigkeiten wachsen, je näher man dem Ziele kommt.

Säen ist nicht so beschwerlich als Ernten.

Maximen und Reflexionen
Aus den Wahlverwandtschaften

Madame Roland, auf dem Blutgerüste, verlangte Schreibzeug, um die ganz besonderen Gedanken aufzuschreiben, die ihr auf dem letzten Wege vorgeschwebt. Schade, daß man ihr's versagte; denn am Ende des Lebens gehen dem gefaßten Geiste Gedanken auf, bisher undenkbare; sie sind wie selige Dämonen, die sich auf den Gipfeln der Vergangenheit glänzend niederlassen.

Wir mögen die Welt kennen lernen, wie wir wollen, sie wird immer eine Tag- und eine Nachtseite behalten.

Der Irrtum wiederholt sich immerfort in der Tat, deswegen muß man das Wahre unermüdlich in Worten wiederholen.

Maximen und Reflexionen
Aus Kunst und Altertum

Man schmeichelt sich ins Leben hinein, aber das Leben schmeichelt uns nicht.

Die Wahlverwandtschaften
2. Teil, 7. Kapitel

Jeder Mensch soll Freude an sich selbst haben, und glücklich wer sie hat. Hat er sie aber, wie kann er sich verwehren dieses angenehme Gefühl merken zu lassen? Wie soll er mitten im Dasein verbergen, daß er eine Freude am Dasein habe? Fände die gute Gesellschaft, denn von der ist doch hier allein die Rede, nur alsdann diese Äußerungen tadelhaft, wenn sie zu lebhaft werden, wenn des einen Menschen Freude an sich und seinem Wesen die andern hindert Freude an dem ihrigen zu haben und sie zu zeigen, so wäre nichts dabei zu erinnern, und von diesem Übermaß ist auch wohl der Tadel zuerst ausgegangen. Aber was soll eine wunderlich-verneinende Strenge gegen etwas Unvermeidliches? Warum will man nicht eine Äußerung läßlich und erträglich finden, die man denn doch mehr oder weniger sich von Zeit zu Zeit selbst erlaubt? ja, ohne die eine gute Gesellschaft gar nicht existieren könnte: denn das Gefallen an sich selbst, das Verlangen, dieses Selbstgefühl andern mitzuteilen, macht gefällig, das Gefühl eigner Anmut macht anmutig. Wollte Gott! alle Menschen wären eitel, wären es aber mit Bewußtsein, mit Maß und im rechten Sinne: so würden wir in der gebildeten Welt die glücklichsten Menschen sein. Die Weiber, sagt man, sind eitel von Hause aus; doch es kleidet sie und sie gefallen uns um desto mehr. Wie kann ein junger Mann sich bilden, der nicht eitel ist? Eine leere hohle Natur wird sich wenigstens einen äußern Schein zu geben wissen, und der tüchtige Mensch wird sich bald von außen nach innen zu bilden.

Wilhelm Meisters Wanderjahre
2. Buch, 3. Kapitel

Des Menschen größtes Verdienst bleibt wohl, wenn er die Umstände so viel als möglich bestimmt und sich so wenig als möglich von ihnen bestimmen läßt. Das ganze Weltwesen liegt vor uns, wie ein großer Steinbruch vor dem Baumeister, der nur dann den Namen verdient, wenn er aus diesen zufälligen Naturmassen ein in seinem Geiste entsprungenes Urbild mit der größten Ökonomie, Zweckmäßigkeit und Festigkeit zusammenstellt. Alles außer uns ist nur Element, ja ich darf wohl sagen, auch alles an uns; aber tief in uns liegt diese schöpferische Kraft, die das zu erschaffen vermag, was sein soll, und uns nicht ruhen und rasten läßt, bis wir es außer uns oder an uns, auf eine oder die andere Weise, dargestellt haben.

Wilhelm Meisters Lehrjahre
Bekenntnisse einer schönen Seele

Wenn die Natur gewöhnlichen Menschen die köstliche Mitgift nicht versagt, ich meine jenen lebhaften Trieb, von Kindheit an die äußere Welt mit Lust zu ergreifen, sie kennenzulernen, sich mit ihr in Verhältnis zu setzen, mit ihr verbunden ein Ganzes zu bilden, so haben vorzügliche Geister öfters die Eigenheit, eine Art von Scheu vor dem wirklichen Leben zu empfinden, sich in sich selbst zurückzuziehen, in sich selbst eine eigene Welt zu erschaffen, und auf diese Weise das Vortrefflichste nach innen bezüglich zu leisten.
Findet sich hingegen in besonders begabten Menschen jenes gemeinsame Bedürfnis, eifrig, zu allem was die Natur in sie gelegt hat, auch in der äußeren Welt die antwortenden Gegenbilder zu suchen und dadurch das Innere völlig zum Ganzen und Gewissen zu steigern, so kann man versichert sein, daß auch so ein für Welt und Nachwelt höchst erfreuliches Dasein sich ausbilden werde.

Winckelmann und sein Jahrhundert
Eintritt

Wenn wir die Menschen nur nehmen wie sie sind, so machen wir sie schlechter; wenn wir sie behandeln, als wären sie, was sie sein sollten, so bringen wir sie dahin, wohin sie zu bringen sind.

Wilhelm Meisters Lehrjahre
8. Buch, 4. Kapitel

Nicht vor Irrtum zu bewahren, ist die Pflicht des Menschenerziehers, sondern den Irrenden zu leiten, ja ihn seinen Irrtum aus vollen Bechern ausschlürfen zu lassen, das ist Weisheit der Lehrer.

Wilhelm Meisters Lehrjahre
7. Buch, 9. Kapitel

Man weiß erst daß man ist wenn man sich in andern wiederfindet.

An Auguste Gräfin zu Stolberg, 13. 2. 1775

Die Geschichte des Menschen ist sein Charakter.

Wilhelm Meisters Lehrjahre
7. Buch, 5. Kapitel

... denn die höchste Empfindung, die der Mensch haben kann, ist die, wenn er sich von einem Hauptfehler, ja von einem Verbrechen durch eigne Kraft erhebt und losmacht. Der gute Mensch, der ohne auffallende Abweichung vom rechten Pfade vor sich hinwandelt, gleicht einem ruhigen lobenswürdigen Bürger, da hingegen jener als ein Held und Überwinder Bewunderung und Preis verdient, und in diesem Sinne scheint das paradoxe Wort gesagt zu sein, daß die Gottheit selbst an einem zurückkehrenden Sünder mehr Freude habe, als an neunundneunzig Gerechten.

Unterhaltungen deutscher Ausgewanderten

Man verändert sich viel weniger, als man glaubt, und die Zustände bleiben sich auch meistens sehr ähnlich.

Wilhelm Meisters Wanderjahre
1. Buch, 6. Kapitel

Ein Zustand, der alle Tage neuen Verdruß zuzieht, ist nicht der rechte.

Maximen und Reflexionen
Aus Kunst und Altertum

Die Existenzen fremder Menschen sind die besten Spiegel worin wir die unsrige erkennen können.

Harzreise
An Charlotte v. Stein, 9. 9. 1783

Es geht uns mit Büchern wie mit neuen Bekanntschaften. Die erste Zeit sind wir hoch vergnügt, wenn wir im Allgemeinen Übereinstimmung finden, wenn wir uns an irgend einer Hauptseite unserer Existenz freundlich berührt fühlen; bei näherer Bekanntschaft treten alsdann erst die Differenzen hervor, und da ist denn die Hauptsache eines vernünftigen Betragens, daß man nicht, wie etwa in der Jugend geschieht, sogleich zurückschaudere, sondern daß man gerade das Übereinstimmende recht festhalte und sich über die Differenzen vollkommen aufkläre, ohne sich deshalb vereinigen zu wollen.

Maximen und Reflexionen
Aus Kunst und Altertum

Wie meinst dus denn, wie mein ichs denn?
Und wissen wir was wir wollen?

Und wenn die Flut dich noch so vorwärts führt
Die Ebbe gleich wird dich zurücke reißen.

Gedichte aus dem Nachlaß
Paralipomena

Doppelter Irrtum

Nimmst du die Menschen für schlecht, du kannst dich verrechnen, o Weltmann,
Schwärmer, wie bist du getäuscht, nimmst du die Menschen für gut.

Gedichte aus dem Nachlaß
Xenien von Goethe und Schiller

Was hat dir das arme Glas getan?
Sieh deinen Spiegel nicht so häßlich an.

Gehts in der Welt dir endlich schlecht,
Tu, was du willst, nur habe nicht recht.

Sprichwörtlich

Der Mensch hat nur allzusehr Ursache, sich vor dem Menschen zu schützen.

Wilhelm Meisters Wanderjahre
1. Buch, 4. Kapitel

Man geht nie weiter, als wenn man nicht mehr weiß, wohin man geht.

Eitelkeit ist eine persönliche Ruhmsucht: man will nicht wegen seiner Eigenschaften, seiner Verdienste, Taten geschätzt, geehrt, gesucht werden, sondern um seines individuellen Daseins willen. Am besten kleidet die Eitelkeit deshalb eine frivole Schöne.

Ein Mensch zeigt nicht eher seinen Charakter, als wenn er von einem großen Menschen oder irgend von etwas Außerordentlichem spricht. Es ist der rechte Probierstein aufs Kupfer.

Mit jemand leben oder in jemand leben ist ein großer Unterschied. Es gibt Menschen, in denen man leben kann, ohne mit ihnen zu leben, und umgekehrt. Beides zu verbinden ist nur der reinsten Liebe und Freundschaft möglich.

Maximen und Reflexionen
Nachlaß: Über Literatur und Leben

Sich im Respekt zu erhalten
Muß man recht borstig sein.
Alles jagt man mit Falken,
Nur nicht das wilde Schwein.

West-östlicher Divan
Buch der Sprüche

In sittlichen und religiösen Dingen, ebensowohl als in physischen und bürgerlichen, mag der Mensch nicht gern etwas aus dem Stegreife tun; eine Folge, woraus Gewohnheit entspringt, ist ihm nötig; das was er lieben und leisten soll, kann er sich nicht einzeln, nicht abgerissen denken, und um etwas gern zu wiederholen, muß es ihm nicht fremd geworden sein.

Dichtung und Wahrheit, 2. Teil, 7. Buch

Alle Menschen, die nebeneinander leben, erfahren ähnliche Schicksale, und was dem Einzelnen begegnet, kann als Symbol für Tausende gelten.

Volksdichtung, Der junge Feldjäger

Wir sind zur glücklichen Stunde beisammen, jeder verrichte sein Amt, jeder tue seine Pflicht und ein allgemeines Glück wird die einzelnen Schmerzen in sich auflösen, wie ein allgemeines Unglück einzelne Freuden verzehrt.

Unterhaltungen deutscher Ausgewanderten
Das Märchen

Du willst nach deiner Art bestehn,
Mußt selbst auf deinen Nutzen sehn!
Dann werdet ihr das Geheimnis besitzen,
Euch sämtlich untereinander zu nützen;
Doch den laßt nicht zu euch herein,
Der andern schadet, um etwas zu sein.

Zahme Xenien III

Die Vorurteile der Menschen beruhen auf dem jedesmaligen Charakter der Menschen, daher sind sie, mit dem Zustand innig vereinigt, ganz unüberwindlich; weder Evidenz noch Verstand noch Vernunft haben den mindesten Einfluß darauf.

Charaktere machen oft die Schwäche zum Gesetz. Weltkenner haben gesagt: »Die Klugheit ist unüberwindlich, hinter welcher sich die Furcht versteckt.« Schwache Menschen haben oft revolutionäre Gesinnungen; sie meinen, es wäre ihnen wohl, wenn sie nicht regiert würden, und fühlen nicht, daß sie weder sich noch andere regieren können.

Maximen und Reflexionen
Aus Kunst und Altertum

Genau besehen, haben wir uns noch alle Tage zu reformieren und gegen andere zu protestieren, wenn auch nicht in religiösem Sinne.

Maximen und Reflexionen
Aus Wilhelm Meisters Wanderjahren

Höchst merkwürdig ist, daß von dem menschlichen Wesen das Entgegengesetzte übrig bleibt: Gehäus' und Gerüst, worin und womit sich der Geist hienieden genügte, sodann aber die idealen Wirkungen, die in Wort und Tat von ihm ausgingen.

Maximen und Reflexionen
Nachlaß: Über Literatur und Leben

Aber auch ists im moralischen wie mit einer Brunnen Cur alle Übel im Menschen tiefe und flache kommen in Bewegung, und das ganze Eingeweide arbeitet durch einander.

Schweizer Reise
An Charlotte v. Stein, November 1779

Die Gesamtnot und die Gesamtplage der Menschen ist eben die Not und die Plage der Völker.

Gespräch mit Heinrich Luden, 19. 8. 1806

Die Menschen werden durch Gesinnungen vereinigt, durch Meinungen getrennt. Jene sind ein Einfaches, in dem wir uns zusammenfinden, diese ein Mannigfaltiges, in das wir uns zerstreun. Die Freundschaften der Jugend gründen sich aufs erste, an den Spaltungen des Alters haben die letztern Schuld. Würde man dieses früher gewahr, verschaffte man sich bald, indem man seine eigene Denkweise ausbildet, eine liberale Ansicht der übrigen, ja der entgegengesetzten, so würde man viel verträglicher sein, und würde durch Gesinnung das wieder zu sammeln suchen, was die Meinung zersplittert hat.

An Friedrich Heinrich Jacobi, 6. 1. 1813

Es ist mit der Freiheit ein wunderlich Ding, und jeder hat leicht genug, wenn er sich nur zu begnügen und zu finden weiß. Und was hilft uns ein Überfluß von Freiheit, die wir nicht gebrauchen können! Sehen Sie dieses Zimmer und diese angrenzende Kammer, in der Sie durch die offene Tür mein Bette sehen, beide sind nicht groß, sie sind ohnedies durch vielerlei Bedarf, Bücher, Manuskripte und Kunstsachen eingeengt, aber sie sind mir genug, ich habe den ganzen Winter darin gewohnt und meine vorderen Zimmer fast nicht betreten. Was habe ich nun von meinem geräumigen Hause gehabt und von der Freiheit, von einem Zimmer ins andere zu gehen, da ich nicht das Bedürfnis hatte, sie zu benutzen!
Hat einer nur so viel Freiheit, um gesund zu leben und sein Gewerbe zu treiben, so hat er genug, und so viel hat leicht ein jeder. Und dann sind wir alle nur frei unter gewissen Bedingungen, die wir erfüllen müssen. Der Bürger ist so frei wie der Adelige, sobald er sich in den Grenzen hält, die ihm von Gott durch seinen Stand, worin er geboren, angewiesen. Der Adelige ist so frei wie der Fürst; denn wenn er bei Hofe nur das wenige Zeremoniell beobachtet, so darf er sich als seinesgleichen fühlen. Nicht das macht frei, daß wir nichts über uns anerkennen wollen, sondern eben daß wir etwas verehren, das über uns ist. Denn indem wir es verehren, heben wir uns zu ihm hinauf und legen durch unsere Anerkennung an den Tag, daß wir selber das Höhere in uns tragen und wert sind seinesgleichen zu sein ...
Ich habe vor dem Kategorischen Imperativ allen Respekt, ich weiß, wie viel Gutes aus ihm hervorgehen

kann, allein man muß es damit nicht zu weit treiben, denn sonst führet diese Idee der ideellen Freiheit sicher zu nichts Gutem.

Eckermann, Gespräche, 18. 1. 1827

Du willst dem Herrscher dich entziehn?
So sag, wohin willst du denn fliehn?
O nimm es nur nicht so genau!
Denn es beherrscht dich deine Frau,
Und die beherrscht ihr dummer Bube,
So bist du Knecht in deiner Stube.

Dichtung und Wahrheit, 3. Teil, 15. Buch

Gerät ein Staat in Anarchie, sogleich tun sich verwegene, kühne, sittenverachtende Menschen hervor, augenblicklich gewaltsam wirkend, bis zum Entsetzen alle Mäßigung verbannend.

West-östlicher Divan
Noten und Abhandlungen

Mir ist das Volk zur Last,
Meint es doch dies und das:
Weil es die Fürsten haßt,
Denkt es, es wäre was.

»Warum denn wie mit einem Besen
Wird so ein König hinausgekehrt?«
Wären's Könige gewesen,
Sie stünden noch alle unversehrt.

Gedichte aus dem Nachlaß
Zahme Xenien

Keins von allen

Wenn du dich selber machst zum Knecht,
Bedauert dich niemand, gehts dir schlecht;
Machst du dich aber selbst zum Herrn,
Die Leute sehn es auch nicht gern;
Und bleibst du redlich, wie du bist,
So sagen sie, daß nichts an dir ist.

Lug oder Trug?

Darf man das Volk betrügen?
Ich sage: nein!
Doch willst du sie belügen,
So mach es nur nicht fein.

Fürstenregel

Sollen die Menschen nicht denken und dichten,
Müßt ihr ihnen ein lustig Leben errichten;
Wollt ihr ihnen aber wahrhaft nützen,
So müßt ihr sie scheren und sie beschützen.

Epigrammatisch

»Für den Kammerdiener
Gibt's keinen Helden«
Held ist kein Kammerdiener,
Das muß ich melden.
Der Diener aber beweist
Sich dienstbar gegen den Helden,
Wenn dieser p. . . und sch. . .
Und will auch was gelten.

Gedichte aus dem Nachlaß
Epigrammatisch

Denn freilich ists auch kein Vorteil für die Heerde, wenn der Schäfer ein Schaaf ist.

Brief des Pastors

Alle Menschen groß und klein
Spinnen sich ein Gewebe fein,
Wo sie mit ihrer Scheren Spitzen
Gar zierlich in der Mitte sitzen.
Wenn nun darein ein Besen fährt,
Sagen sie, es sei unerhört
Man habe den größten Palast zerstört.

West-östlicher Divan
Buch der Parabeln

Wo die Regenten schlecht sind, kommt schwerlich eine Nation in die Höhe, es mag auch soviel Tugendprediger geben als möglich; das Beste sind immer noch erhabene Beispiele.

Gespräch mit Karl Ludwig v. Knebel
Mitte März 1810

Bei keiner Revolution sind die Extreme zu vermeiden. Bei der politischen will man anfänglich gewöhnlich nichts weiter als die Abstellung von allerlei Mißbräuchen; aber ehe man es sich versieht, steckt man tief in Blutvergießen und Greueln.

Eckermann, Gespräche, 14. 3. 1830

Republiken hab ich gesehn, und das ist die beste,
Die dem regierenden Teil Lasten, nicht Vorteil gewährt.

Vier Jahreszeiten

Alle Regierungsformen werden mit der Zeit unzulänglich.

Gespräch mit Friedrich Wilhelm Riemer
20. 2. 1828

Egoistische Kleinstädterei, die sich Zentrum deucht.

Maximen und Reflexionen
Nachlaß: Über Literatur und Leben

Wüchsen die Kinder in der Art fort, wie sie sich andeuten, so hätten wir lauter Genies.

Dichtung und Wahrheit, 1. Teil, 2. Buch

Wer viel mit Kindern lebt, wird finden, daß keine äußere Einwirkung auf sie ohne Gegenwirkung bleibt.

Die Gegenwirkung eines vorzüglich kindlichen Wesens ist sogar leidenschaftlich, das Eingreifen tüchtig.

Deshalb leben Kinder in Schnellurteilen, um nicht zu sagen in Vorurteilen; denn bis das schnell, aber einseitig Gefaßte sich auslöscht, um einem Allgemeinern Platz zu machen, erfordert es Zeit. Hierauf zu achten, ist eine der größten Pflichten des Erziehers.

Ein zweijähriger Knabe hatte die Geburtstagsfeier begriffen, an der seinigen die bescherten Gaben mit Dank und Freude sich zugeeignet, nicht weniger dem Bruder die seinigen bei gleichem Feste gegönnt.

Hiedurch veranlaßt, fragte er am Weihnachtsabend, wo so viele Geschenke vorlagen, wann denn sein Weihnachten komme. Dies allgemeine Fest zu begreifen, war noch ein ganzes Jahr nötig.

Maximen und Reflexionen
Aus Kunst und Altertum

»Was hat dich nur von uns entfernt?«
Hab immer den Plutarch gelesen.
»Was hast du denn dabei gelernt?«
Sind eben alles Menschen gewesen.

Cato wollte wohl andre strafen;
Selbander mocht er gerne schlafen.

Deshalb er sich zur Unzeit
Mit Schwiegertochter und Sohn entzweit,
Auch eine junge Frau genommen,
Welches ihm gar nicht wohl bekommen;
Wie Kaiser Friedrich der Letzte
Väterlich auseinandersetzte.

»Was willst du, redend zur Menge,
Dich selbst fürtrefflich preisen?«
Cato selbst war ruhmredig, der Strenge;
Plutarch wills ihm gar ernst verweisen.

Man könnt erzogene Kinder gebären,
Wenn die Eltern erzogen wären.

Was Kluges, Dummes auch je geschah,
Das nennt man Welt-Historia . . .
Darin studiert die Jugend mit Fleiß,
Was sie nie zu begreifen weiß.

Zahme Xenien IV

Den einzelnen Verkehrtheiten des Tags sollte man immer nur große weltgeschichtliche Massen entgegensetzen.

Maximen und Reflexionen
Aus Kunst und Altertum

Aller Anfang ist heiter, die Schwelle ist der Platz der Erwartung. Der Knabe staunt, der Eindruck bestimmt ihn, er lernt spielend, der Ernst überrascht ihn. Die Nachahmung ist uns angeboren, das Nachzuahmende wird nicht leicht erkannt.

Wilhelm Meisters Lehrjahre, Lehrbrief
7. Buch, 9. Kapitel

Wer sich mit reiner Erfahrung begnügt und darnach handelt, der hat Wahres genug. Das heranwachsende Kind ist weise in diesem Sinne.

Maximen und Reflexionen
Aus Wilhelm Meisters Wanderjahren

Kinder sind die allerbesten Erzieher, antwortet Goethe, denn sie hören williger und aufmerksamer einander zu und reden untereinander eine verständlichere Sprache als wir . . .

Gespräch mit Soret, 18. 7. 1824

Wird einer strebenden Jugend die Geschichte eher lästig als erfreulich, weil sie gern von sich selbst eine neue, ja wohl gar eine Urwelt-Epoche beginnen möchte, so haben die in Bildung und Alter Fortschreitenden gar oft mit lebhaftem Danke zu erkennen, wie mannigfaltiges Gute, Brauchbare und Hülfreiche ihnen von den Vorfahren hinterlassen worden.

Nichts ist stillstehend. Bei allen scheinbaren Rückschritten müssen Menschheit und Wissenschaft immer vorschreiten, und wenn beide sich zuletzt auch wieder in sich selbst abschließen sollten. Vorzügliche Geister haben sich immer gefunden, die sich mitteilen mochten. Viel Schätzenswertes hievon ist auf uns gekommen, woraus wir uns überzeugen können, daß es unsern Vorfahren an treffenden Ansichten der Natur nie gefehlt habe.

Der Kreis, den die Menschheit auszulaufen hat, ist bestimmt genug, und ungeachtet des großen Stillstandes, den die Barbarei machte, hat sie ihre Laufbahn schon mehr als einmal zurückgelegt. Will man ihr auch eine Spiralbewegung zuschreiben, so kehrt sie doch immer wieder in jene Gegend, wo sie schon einmal durchgegangen. Auf diesem Wege wiederholen sich alle wahren Ansichten und alle Irrtümer.

Materialien zur Geschichte der Farbenlehre
Einleitung

Es ist möglich, daß man durch Tadel und Schelten, durch Moralisieren und Predigen, durch Warnung vor üblen Folgen, durch Drohung von Strafen manchen Menschen vom Bösen abhält, ja auf einen guten Weg bringt, aber eine weit höhere Kultur wird bei Kindern und Erwachsenen eingeleitet, wenn man nur bewirken kann, daß sie über sich selbst reflektieren.

Volksdichtung, Grübels Gedichte

Der Menschenverstand wird mit dem gesunden Menschen rein geboren, entwickelt sich aus sich selbst und offenbart sich durch ein entschiedenes Gewahrwerden und Anerkennen des Notwendigen und Nützlichen. Praktische Männer und Frauen bedienen sich dessen mit Sicherheit. Wo er mangelt, halten beide Geschlechter, was sie begehren, für notwendig und für nützlich, was ihnen gefällt.

Alle Menschen, wie sie zur Freiheit gelangen, machen ihre Fehler gelten: die Starken das Übertreiben, die Schwachen das Vernachlässigen.

Welche Erziehungsart ist für die beste zu halten? Antwort: die der Hydrioten. Als Insulaner und Seefahrer nehmen sie ihre Knaben gleich mit zu Schiffe und lassen sie im Dienste herankrabbeln. Wie sie etwas leisten, haben sie Teil am Gewinn; und so kümmern sie sich schon um Handel, Tausch und Beute, und es bilden sich die tüchtigsten Küsten- und Seefahrer, die klügsten Handelsleute und verwegensten Piraten. Aus einer solchen Masse können denn freilich Helden hervortreten, die den verderblichen Brander mit eigener Hand an das Admiralschiff der feindlichen Flotte festklammern.

Alles Vortreffliche beschränkt uns für einen Augenblick, indem wir uns demselben nicht gewachsen fühlen; nur insofern wir es nachher in unsere Kultur aufnehmen, es unsern Geist- und Gemütskräften aneignen, wird es uns lieb und wert.

Kein Wunder, daß wir uns alle mehr oder weniger im Mittelmäßigen gefallen, weil es uns in Ruhe läßt; es gibt das behagliche Gefühl, als wenn man mit seinesgleichen umginge.

Das Gemeine muß man nicht rügen; denn das bleibt sich ewig gleich.

Maximen und Reflexionen
Aus Kunst und Altertum

Das Alter macht nicht kindisch, wie man spricht,
Es findet uns nur noch als wahre Kinder.

Faust, Vorspiel auf dem Theater

Was dem Enkel so wie dem Ahn frommt,
Darüber hat man viel geträumet;
Aber worauf eben alles ankommt,
Das wird vom Lehrer gewöhnlich versäumet.

Sprichwörtlich

Sonst wie die Alten sungen,
So zwitscherten die Jungen;
Jetzt wie die Jungen singen,
Soll's bei den Alten klingen.
Bei solchem Lied und Reigen
Das Beste – ruhn und schweigen.

Gedichte aus dem Nachlaß
Zahme Xenien

Man kann einem jungen Menschen keine größere Wohltat erweisen, als wenn man ihn zeitig in die Bestimmung seines Lebens einweiht.

Wilhelm Meisters Lehrjahre
1. Buch, 11. Kapitel

Zu dem Guten, von dem wir überzeugt sind, die Menschen zu bewegen, dürfen wir uns nicht unserer Argumente bedienen, sondern wir müssen bedenken, was ohngefähr die ihrigen wären.

An Karl Friedrich Zelter, 13. 7. 1804

Alles, was uns begegnet, läßt Spuren zurück, alles trägt unmerklich zu unserer Bildung bei; doch es ist gefährlich, sich davon Rechenschaft geben zu wollen. Wir werden dabei entweder stolz und lässig, oder niedergeschlagen und kleinmütig, und eins ist für die Folge so hinderlich als das andere. Das Sicherste bleibt immer, nur das Nächste zu tun was vor uns liegt . . .

Wilhelm Meisters Lehrjahre
7. Buch, 1. Kapitel

Wir . . . fühlen uns immer bedingt; die Personen, die Gegenstände, die uns umgeben, haben auf uns ihren Einfluß; der Teelöffel geniert uns, wenn er von Gold ist, da er von Silber sein sollte; und so, durch tausend Rücksichten paralysiert, kommen wir nicht dazu, was etwa Großes in unserer Natur sein möchte, frei auszulassen. Wir sind die Sklaven der Gegenstände und erscheinen geringe oder bedeutend, je nachdem uns diese zusammenziehen oder zu freier Ausdehnung Raum geben.

Eckermann, Gespräche, 11. 9. 1828

Kein Mensch betrachtet die Welt ganz wie der andere, und verschiedene Charaktere werden oft Einen Grundsatz, den sie sämtlich anerkennen, verschieden anwenden. Ja, der Mensch ist sich in seinen Anschauungen und Urteilen nicht immer selbst gleich: frühere Überzeugungen müssen spätern weichen. Möge immerhin das Einzelne, was man denkt und äußert, nicht alle Proben aushalten, wenn man nur auf seinem Wege gegen sich selbst und gegen andre wahr bleibt!

Propyläen, Einleitung

Ein jedes Individuum hat zwar das Recht, soviel als möglich aus sich zu machen und von sich zu halten, nur sollten sie damit nicht andere belästigen, die mit und in sich genugsam beschäftigt sind, um auch etwas zu sein und zu bleiben.

An Karl Friedrich Zelter, 22. 4. 1828

Nichts gibt uns mehr Aufschluß über uns selbst, als wenn wir das, was vor einigen Jahren von uns ausgegangen ist, wieder vor uns sehen, so daß wir uns selbst nunmehr als Gegenstand betrachten können.

Dichtung und Wahrheit, 2. Teil, 8. Buch

Und ist es doch immer die Individualität eines jeden, die ihn hindert, die Individualitäten der andern in ihrem ganzen Umfang gewahr zu werden.

An Karl Ludwig v. Knebel, 3. 1. 1807

Das Leben gehört den Lebendigen an, und wer lebt, muß auf Wechsel gefaßt sein.

Wilhelm Meisters Wanderjahre
1. Buch, 2. Kapitel

Der Mensch ist kein lehrendes, er ist ein lebendes, handelndes und wirkendes Wesen.

Diderots Versuch über die Malerei
Geständnis des Übersetzers

Der Mensch mag sich wenden, wohin er will, er mag unternehmen was es auch sei, stets wird er auf jenen Weg wieder zurückkehren, den ihm die Natur einmal vorgezeichnet hat.

Dichtung und Wahrheit, 1. Teil, 4. Buch

Das sogenannte Aus-Sich-Schöpfen macht gewöhnlich falsche Originale und Manieristen.

Verein der deutschen Bildhauer

Der Mensch wird in seinen verschiedenen Lebensstufen wohl ein anderer, aber er kann nicht sagen, daß er ein Besserer werde, und er kann in gewissen Dingen so gut in seinem zwanzigsten Jahre recht haben als in seinem sechzigsten.

Eckermann, Gespräche, 17. 2. 1831

Laß regnen wenn es regnen will,
Dem Wetter seinen Lauf;
Denn wenn es nicht mehr regnen will,
So hört's von selber auf.

Gedichte aus dem Nachlaß
Parabolisch

Immer glaubt ich gutmütig, von anderen etwas zu lernen;
Vierzig Jahr war ich alt, da mich der Irrtum verließ.
Töricht war ich immer, daß andre zu lehren ich glaubte;
Lehre jeden du selbst, Schicksal, wie er's bedarf.

Gedichte aus dem Nachlaß
Epigrammatisch

Es gibt viele Menschen, die sich einbilden, was sie erfahren, das verstünden sie auch.

Maximen und Reflexionen
Nachlaß: Über Literatur und Leben

Égalité

Das Größte will man nicht erreichen,
Man beneidet nur seinesgleichen;
Der schlimmste Neidhart ist in der Welt,
Der jeden für seinesgleichen hält.

Selbstgefühl

Jeder ist doch auch ein Mensch!! –
Wenn er sich gewahret,
Sieht er, daß Natur an ihm
Wahrlich nicht gesparet,
Daß er manche Lust und Pein
Trägt als Er und eigen.
Sollt er nicht auch hinterdrein
Wohlgemut sich zeigen?

Meine Wahl

Ich liebe mir den heitern Mann
Am meisten unter meinen Gästen:
Wer sich nicht selbst zum besten haben kann,
Der ist gewiß nicht von den Besten.

Epigrammatisch

Denke nur niemand, daß man auf ihn als den Heiland gewartet habe!

Der Wolf im Schafpelze ist weniger gefährlich als das Schaf in irgendeinem Pelze, wo man es für mehr als einen Schöps nimmt.

Wenn ein paar Menschen recht miteinander zufrieden sind, kann man meistens versichert sein, daß sie sich irren.

Diejenigen, welche widersprechen und streiten, sollten mitunter bedenken, daß nicht jede Sprache jedem verständlich sei.

Es ist ganz einerlei, ob man das Wahre oder das Falsche sagt: beidem wird widersprochen.

Das Absurde, Falsche läßt sich jedermann gefallen: denn es schleicht sich ein; das Wahre, Derbe nicht: denn es schließt aus.

Eine nachgesprochne Wahrheit verliert schon ihre Grazie, aber ein nachgesprochner Irrtum ist ganz ekelhaft.

Es hört doch jeder nur, was er versteht.

Toleranz sollte eigentlich nur eine vorübergehende Gesinnung sein: sie muß zur Anerkennung führen. Dulden heißt beleidigen.

Die wahre Liberalität ist Anerkennung.

Das Urteil können sie verwehren, aber die Wirkung nicht hindern.

Maximen und Reflexionen
Nachlaß: Über Literatur und Leben

Man soll tun was man kann einzelne Menschen vom Untergang zu retten.

An Charlotte v. Stein, September 1780

Das Schlimme ist, daß man im Leben so viel durch falsche Tendenzen ist gehindert worden und daß man nie eine solche Tendenz erkannt, als bis man sich bereits davon frei gemacht.

Woran aber, sagte ich, soll man sehen und wissen, daß eine Tendenz eine falsche sei?

Die falsche Tendenz, antwortete Goethe, ist nicht produktiv, und wenn sie es ist, so ist das Hervorgebrachte von keinem Wert. Dieses an andern gewahr zu werden, ist nicht so gar schwer, aber an sich selber ist es ein eigenes Ding und will eine große Freiheit des Geistes. Und selbst das Erkennen hilft nicht immer; man zaudert und zweifelt und kann sich nicht entschließen, so wie es schwer hält, sich von einem geliebten Mädchen los zu machen, von deren Untreue man längst wiederholte Beweise hat.

Eckermann, Gespräche, 12. 4. 1829

Hiebei bekenn' ich, daß mir von jeher die große und so bedeutend klingende Aufgabe: erkenne dich selbst, immer verdächtig vorkam, als eine List geheim verbündeter Priester, die den Menschen durch unerreichbare Forderungen verwirren und von der Tätigkeit gegen die Außenwelt zu einer innern falschen Beschaulichkeit verleiten wollten. Der Mensch kennt nur sich selbst, insofern er die Welt kennt, die er nur in sich und sich nur in ihr gewahr wird. Jeder neue Gegenstand, wohl beschaut, schließt ein neues Organ in uns auf.

Am allerfördersamsten aber sind unsere Nebenmenschen, welche den Vorteil haben, uns mit der Welt aus ihrem Standpunkt zu vergleichen und daher nähere Kenntnis von uns zu erlangen, als wir selbst gewinnen mögen.

Ich habe daher in reiferen Jahren große Aufmerksamkeit gehegt, inwiefern andere mich wohl erkennen möchten, damit ich in und an ihnen, wie an so viel Spiegeln, über mich selbst und über mein Inneres deutlicher werden könnte.

Zur Wissenschaftslehre
Bedeutende Fördernis

Jeder Mensch findet sich von den frühsten Momenten seines Lebens an, erst unbewußt, dann halb, endlich ganz bewußt, immerfort bedingt, begrenzt in seiner Stellung. Weil aber niemand Zweck und Ziel seines Daseins kennt, vielmehr das Geheimnis desselben von höchster Hand verborgen wird, so tastet er nur, greift zu, läßt fahren, steht stille, bewegt sich, zaudert und übereilt sich, und auf wie mancherlei Weise denn alle Irrtümer entstehen, die uns verwirren.

Wilhelm Meisters Wanderjahre
3. Buch, 13. Kapitel

7. August. Weimar. Zu Hause aufgeräumt, meine Papiere durchgesehen und alle alten Schalen verbrannt. Andre Zeiten andre Sorgen. Stiller Rückblick aufs Leben, auf die Verworrenheit, Betriebsamkeit Wißbegierde der Jugend, wie sie überall herumschweift um etwas befriedigendes zu finden. Wie ich besonders in Geheimnissen, dunklen Imaginativen Verhältnissen eine Wollust gefunden habe. Wie ich alles Wissenschaftliche nur halb angegriffen und bald wieder habe fahren lassen, wie eine Art von demütiger Selbstgefälligkeit durch alles geht was ich damals schrieb. Wie kurzsinnig in Menschlichen und göttlichen Dingen ich mich umgedreht habe. Wie des Tuns, auch des Zweckmäßigen Denkens und Dichtens so wenig, wie in zeitverderbender Empfindung und Schatten Leidenschaft gar viel Tage vertan, wie wenig mir davon zu Nutz kommen und da die Hälfte nun des Lebens vorüber ist, wie nun kein Weg zurückgelegt sondern vielmehr ich nur dastehe wie einer der sich aus dem Wasser rettet und den die Sonne anfängt wohltätig abzutrocknen. Die Zeit daß ich im Treiben der Welt bin seit 75 Oktbr. getrau ich noch nicht zu übersehen. Gott helfe weiter. Und gebe Lichter, daß wir uns nicht selbst so viel im Wege stehn. Lasse uns von Morgen zum Abend das gehörige tun und gebe uns klare Begriffe von den Folgen

der Dinge. Daß man nicht sei wie Menschen die den ganzen Tag über Kopfweh klagen und gegen Kopfweh brauchen und alle Abend zu viel Wein zu sich nehmen. Möge die Idee des reinen die sich bis auf den Bissen erstreckt den ich in Mund nehme, immer lichter in mir werden.

Tagebücher, 1779

Kehr' ich nun in mich selbst zurück, wie man doch so gern tut bei jeder Gelegenheit, so entdecke ich ein Gefühl, das mich unendlich freut, ja das ich sogar auszusprechen wage. Wer sich mit Ernst hier umsieht und Augen hat zu sehen, muß solid werden, er muß einen Begriff von Solidität fassen, der ihm nie so lebendig ward.

Der Geist wird zur Tüchtigkeit gestempelt, gelangt zu einem Ernst ohne Trockenheit, zu einem gesetzten Wesen mit Freude. Mir wenigstens ist es, als wenn ich die Dinge dieser Welt nie so richtig geschätzt hätte als hier. Ich freue mich der gesegneten Folgen auf mein ganzes Leben.

Und so laßt mich aufraffen, wie es kommen will, die Ordnung wird sich geben. Ich bin nicht hier, um nach meiner Art zu genießen; befleißigen will ich mich der großen Gegenstände, lernen und mich ausbilden, ehe ich vierzig Jahre alt werde.

Italienische Reise, 1. Teil
Rom, 10. 11. 1786

Teilen kann ich nicht das Leben,
Nicht das Innen, noch das Außen,
Allen muß das Ganze geben,
Um mit euch und mir zu hausen.
Immer hab ich nur geschrieben,
Wie ichs fühle, wie ichs meine,

Und so spalt ich mich, ihr Lieben,
Und bin immerfort der Eine.

Zahme Xenien VI

Überhaupt ist es leider der Fall, daß alles was durch mehrere zusammentreffende Menschen und Umstände hervorgebracht werden soll, keine lange Zeit sich vollkommen erhalten kann. Von einer Theatergesellschaft so gut wie von einem Reiche, von einem Zirkel Freunde so gut wie von einer Armee, läßt sich gewöhnlich der Moment angeben, wenn sie auf der höchsten Stufe ihrer Vollkommenheit, ihrer Übereinstimmung, ihrer Zufriedenheit und Tätigkeit standen; oft aber verändert sich schnell das Personal, neue Glieder treten hinzu, die Personen passen nicht mehr zu den Umständen, die Umstände nicht mehr zu den Personen; es wird alles anders, und was vorher verbunden war, fällt nunmehr bald auseinander.

Wilhelm Meisters Lehrjahre
5. Buch, 16. Kapitel

Es ist gut, daß der Mensch, der erst in die Welt tritt, viel von sich halte, daß er sich viele Vorzüge zu erwerben denke, daß er alles möglich zu machen suche; aber wenn seine Bildung auf einem gewissen Grade steht, dann ist es vorteilhaft, wenn er sich in einer größeren Masse verlieren lernt, wenn er lernt um anderer willen zu leben, und seiner selbst in einer pflichtmäßigen Tätigkeit zu vergessen. Da lernt er erst sich selbst kennen, denn das Handeln eigentlich vergleicht uns mit andern.

Wilhelm Meisters Lehrjahre
7. Buch, 9. Kapitel

Die meisten Menschen, selbst die vorzüglichen, sind nur beschränkt; jeder schätzt gewisse Eigenschaften an sich und andern; nur die begünstigt er, nur die will er ausgebildet wissen ... Nur alle Menschen machen die Menschheit aus, nur alle Kräfte zusammengenommen die Welt. Diese sind unter sich oft im Widerstreit, und indem sie sich zu zerstören suchen, hält sie die Natur zusammen und bringt sie wieder hervor. Von dem geringsten tierischen Handwerkstriebe bis zur höchsten Ausübung der geistigsten Kunst, vom Lallen und Jauchzen des Kindes bis zur trefflichsten Äußerung des Redners und Sängers, vom ersten Balgen der Knaben bis zu den ungeheuren Anstalten, wodurch Länder erhalten und erobert werden, vom leichtesten Wohlwollen und der flüchtigsten Liebe bis zur heftigsten Leidenschaft und zum ernstesten Bunde, von dem reinsten Gefühl der sinnlichen Gegenwart bis zu den leisesten Ahnungen und Hoffnungen der entferntesten geistigen Zukunft, alles das und weit mehr liegt im Menschen, und muß ausgebildet werden; aber nicht in einem, sondern in vielen. Jede Anlage ist wichtig, und sie muß entwickelt werden. Wenn einer nur das Schöne, der andere nur das Nützliche befördert, so machen beide zusammen erst einen Menschen aus. Das Nützliche befördert sich selbst, denn die Menge bringt es hervor, und alle können's nicht entbehren; das Schöne muß befördert werden, denn wenige stellen's dar, und viele bedürfen's ... Eine Kraft beherrscht die andere, aber keine kann die andere bilden; in jeder Anlage liegt auch allein die Kraft sich zu vollenden; das verstehen so wenig Menschen, die doch lehren und wirken wollen.

Wilhelm Meisters Lehrjahre
8. Buch, 5. Kapitel

Über das Prinzip, woraus die Sittlichkeit abzuleiten sei, hat man sich nie vollkommen vereinigen können. Einige haben den Eigennutz als Triebfeder aller sittlichen Handlungen angenommen; andere wollten den Trieb nach

Wohlbehagen, nach Glückseligkeit als einzig wirksam finden; wieder andere setzten das apodiktische Pflichtgebot oben an, und keine dieser Voraussetzungen konnte allgemein anerkannt werden, man mußte es zuletzt am geratensten finden, aus dem ganzen Komplex der gesunden menschlichen Natur das Sittliche so wie das Schöne zu entwickeln.
In Deutschland hatten wir schon vor sechzig Jahren das Beispiel eines glücklichen Gelingens der Art. Unser Gellert, welcher keine Ansprüche machte ein Philosoph vom Fach zu sein, aber als ein grundguter, sittlicher und verständiger Mann durchaus anerkannt werden mußte, las in Leipzig unter dem größten Zulauf eine höchst reine, ruhige verständige und verständliche Sittenlehre mit großem Beifall und mit dem besten Erfolg; sie war den Bedürfnissen seiner Zeit gemäß und wurde erst spät durch den Druck bekannt.

An Thomas Carlyle, 14. 3. 1828

Von Natur besitzen wir keinen Fehler, der nicht zur Tugend, keine Tugend, die nicht zum Fehler werden könnte.

Wilhelm Meisters Wanderjahre
1. Buch, 10. Kapitel

Wer die Mäßigung als Hauptmaxime anerkennt, darf sich keiner Einseitigkeit schuldig machen.

Zu brüderlichem Andenken Wielands

Die Hauptsache ist, daß man lerne, sich selbst zu beherrschen. Wollte ich mich ungehindert gehen lassen, so läge es wohl in mir, mich selbst und meine Umgebung zugrunde zu richten.

Eckermann, Gespräche, 21. 3. 1830

Sofort nun wende dich nach innen:
Das Zentrum findest du da drinnen,
Woran kein Edler zweifeln mag.
Wirst keine Regel da vermissen:
Denn das selbständige Gewissen
Ist Sonne deinem Sittentag.

Gott und Welt, Vermächtnis

Das Göttliche

Edel sei der Mensch
Hilfreich und gut!
Denn das allein
Unterscheidet ihn
Von allen Wesen,
Die wir kennen.

Heil den unbekannten
Höhern Wesen,
Die wir ahnen!
Ihnen gleiche der Mensch;
Sein Beispiel lehr uns
Jene glauben.

Denn unfühlend
Ist die Natur:
Es leuchtet die Sonne
Über Bös' und Gute,
Und dem Verbrecher
Glänzen wie dem Besten
Der Mond und die Sterne.

Wind und Ströme,
Donner und Hagel
Rauschen ihren Weg
Und ergreifen
Vorüber eilend
Einen um den andern.

Auch so das Glück
Tappt unter die Menge,
Faßt bald des Knaben
Lockige Unschuld,
Bald auch den kahlen
Schuldigen Scheitel.

Nach ewigen, ehrnen
Großen Gesetzen
Müssen wir alle
Unseres Daseins
Kreise vollenden.

Nur allein der Mensch
Vermag das Unmögliche:
Er unterscheidet,
Wählet und richtet;
Er kann dem Augenblick
Dauer verleihen.

Er allein darf
Den Guten lohnen,
Den Bösen strafen,
Heilen und retten,
Alles Irrende, Schweifende
Nützlich verbinden.

Und wir verehren
Die Unsterblichen,
Als wären sie Menschen,
Täten im Großen,
Was der Beste im Kleinen
Tut oder möchte.

Der edle Mensch
Sei hilfreich und gut!
Unermüdet schaff er
Das Nützliche, Rechte,
Sei uns ein Vorbild
Jener geahneten Wesen!

Vermischte Gedichte

IV

Denken und Tun – das Tagwerk des Lebens

Niemand wird sich selber kennen,
Sich von seinem Selbst-Ich trennen;
Doch probier er jeden Tag,
Was nach außen endlich, klar,
Was er ist und was er war,
Was er kann und was er mag.

Gedichte aus dem Nachlaß
Zahme Xenien

Lehrbrief

Die Kunst ist lang, das Leben kurz, das Urteil schwierig, die Gelegenheit flüchtig. Handeln ist leicht, Denken schwer; nach dem Gedanken handeln unbequem. Aller Anfang ist heiter, die Schwelle ist der Platz der Erwartung. Der Knabe staunt, der Eindruck bestimmt ihn, er lernt spielend, der Ernst überrascht ihn. Die Nachahmung ist uns angeboren, das Nachzuahmende wird nicht leicht erkannt. Selten wird das Treffliche gefunden, seltner geschätzt. Die Höhe reizt uns, nicht die Stufen; den Gipfel im Auge wandeln wir gerne auf der Ebene. Nur ein Teil der Kunst kann gelehrt werden, der Künstler braucht sie ganz. Wer sie halb kennt, ist immer irre und redet viel; wer sie ganz besitzt, mag nur tun und redet selten oder spät. Jene haben keine Geheimnisse und keine Kraft, ihre Lehre ist wie gebackenes Brot schmackhaft und sättigend für einen Tag; aber Mehl kann man nicht säen, und die Saatfrüchte sollen nicht vermahlen werden. Die Worte sind gut, sie sind aber nicht das Beste. Das Beste wird nicht deutlich durch Worte. Der Geist, aus dem wir handeln, ist das Höchste. Die Handlung wird nur vom Geiste begriffen und wieder dargestellt. Niemand weiß, was er tut, wenn er recht handelt; aber des Unrechten sind wir uns immer bewußt. Wer bloß mit Zeichen wirkt, ist ein Pedant, ein Heuchler oder ein Pfuscher. Es sind ihrer viel, und es wird ihnen wohl zusammen. Ihr Geschwätz hält den Schüler zurück, und ihre beharrliche Mittelmäßigkeit ängstigt die Besten. Des echten Künstlers Lehre schließt den Sinn auf; denn wo die Worte fehlen, spricht die Tat. Der echte Schüler lernt aus dem Bekannten das Unbekannte entwickeln, und nähert sich dem Meister.

Wilhelm Meisters Lehrjahre
7. Buch, 9. Kapitel

Denken und Tun, Tun und Denken, das ist die Summe aller Weisheit, von jeher anerkannt, von jeher geübt, nicht eingesehen von einem jeden. Beides muß wie Aus- und Einatmen sich im Leben ewig fort hin und wider bewegen; wie Frage und Antwort sollte eins ohne das andere nicht stattfinden. Wer sich zum Gesetz macht was einem jeden Neugebornen der Genius des Menschenverstandes heimlich ins Ohr flüstert, das Tun am Denken, das Denken am Tun zu prüfen, der kann nicht irren, und irrt er, so wird er sich bald auf den rechten Weg zurückfinden.

Wilhelm Meisters Wanderjahre
2. Buch, 9. Kapitel

Das Gespräch lenkte sich ... auf die Frage: wie das Sittliche in die Welt gekommen?
Durch Gott selber, erwiderte Goethe, wie alles andere Gute. Es ist kein Produkt menschlicher Reflexion, sondern es ist angeschaffene und angeborene schöne Natur. Es ist mehr oder weniger den Menschen im allgemeinen angeschaffen, im hohen Grade aber einzelnen ganz vorzüglich begabten Gemütern. Diese haben durch große Taten oder Lehren ihr göttliches Innere offenbaret, welches sodann durch die Schönheit seiner Erscheinung die Liebe der Menschen ergriff und zur Verehrung und Nacheiferung gewaltig fortzog.
Der Wert des sittlich Schönen und Guten aber konnte durch Erfahrung und Weisheit zum Bewußtsein gelangen, indem das Schlechte sich in seinen Folgen als ein solches erwies, welches das Glück des Einzelnen wie des Ganzen zerstörte, dagegen das Edle und Rechte als ein solches, welches das besondere und allgemeine Glück herbeiführte und befestigte. So konnte das Sittlich-Schöne zur Lehre werden und sich als ein Ausgesprochenes über ganze Völkerschaften verbreiten.

Eckermann, Gespräche, 1. 4. 1827

Wer nicht mit Erstaunen und Bewunderung anfangen will, der findet nicht den Zugang in das innere Heiligtum.

Zu brüderlichem Andenken Wielands

Alles geben die Götter, die unendlichen,
Ihren Lieblingen ganz,
Alle Freuden, die unendlichen,
Alle Schmerzen, die unendlichen, ganz.

Gedichte aus dem Nachlaß
Vermischte Gedichte

Wenn wir uns als möglich denken können, daß der Schöpfer der Welt selbst die Gestalt seiner Kreatur angenommen, und auf ihre Art und Weise sich eine Zeitlang auf der Welt befunden habe, so muß uns dieses Geschöpf schon unendlich vollkommen erscheinen, weil sich der Schöpfer so innig damit vereinigen konnte. Es muß also in dem Begriff des Menschen kein Widerspruch mit dem Begriff der Gottheit liegen, und wenn wir auch oft eine gewisse Unähnlichkeit und Entfernung von ihr empfinden, so ist es doch um desto mehr unsere Schuldigkeit, nicht immer wie der Advokat des bösen Geistes nur auf die Blößen und Schwächen unserer Natur zu sehen, sondern eher alle Vollkommenheiten aufzusuchen, wodurch wir die Ansprüche unserer Gottähnlichkeit bestätigen können.

Wilhelm Meisters Lehrjahre
Bekenntnisse einer schönen Seele

Frömmigkeit ist kein Zweck, sondern ein Mittel, um durch die reinste Gemütsruhe zur höchsten Kultur zu gelangen.

Maximen und Reflexionen
Aus Wilhelm Meisters Wanderjahren

Die gegenständliche Welt ist für uns darum da, um unsere Fähigkeiten daran zu üben. Manches an ihr ist widerwärtig genug, manches aber erlaubt uns eine freie liebevolle Teilnahme.

Aphorismen und Fragmente
Beobachten und Denken

Betrachten wir uns in jeder Lage des Lebens, so finden wir, daß wir äußerlich bedingt sind, vom ersten Atemzug bis zum letzten; daß uns aber jedoch die höchste Freiheit übrig geblieben ist, uns innerhalb unsrer selbst dergestalt auszubilden, daß wir uns mit der sittlichen Weltordnung in Einklang setzen und, was auch für Hindernisse sich hervortun, dadurch mit uns selbst zum Frieden gelangen können.

An Moritz Paul v. Brühl, 23. 10. 1828

Wenn einen Menschen die Natur erhoben,
Ist es kein Wunder, wenn ihm viel gelingt;
Man muß in ihm die Macht des Schöpfers loben,
Der schwachen Ton zu solcher Ehre bringt:
Doch wenn ein Mann von allen Lebensproben
Die sauerste besteht, sich selbst bezwingt;
Dann kann man ihn mit Freuden andern zeigen,
Und sagen: Das ist er, das ist sein eigen!

Denn alle Kraft dringt vorwärts in die Weite,
Zu leben und zu wirken hier und dort;
Dagegen engt und hemmt von jeder Seite
Der Strom der Welt und reißt uns mit sich fort:
In diesem innern Sturm und äußern Streite
Vernimmt der Geist ein schwer verstanden Wort:
Von der Gewalt, die alle Wesen bindet,
Befreit der Mensch sich, der sich überwindet.

Die Geheimnisse

Der Sinn und das Bestreben der Griechen ist, den Menschen zu vergöttern, nicht die Gottheit zu vermenschen. Hier ist ein Theomorphism, kein Anthropomorphism! Ferner soll nicht das Tierische am Menschen geadelt werden, sondern das Menschliche des Tiers werde hervorgehoben, damit wir uns in höherm Kunstsinne daran ergötzen, wie wir es ja schon, nach einem unwiderstehlichen Naturtrieb, an lebenden Tiergeschöpfen tun, die wir uns so gern zu Gesellen und Dienern erwählen ... Vielleicht kommen wir auf diesem Wege am ersten zu dem hohen philosophischen Ziel, das göttlich Belebende im Menschen mit dem tierisch Belebten auf das unschuldigste verbunden gewahr zu werden.

Myrons Kuh

Diese hohen Kunstwerke sind zugleich als die höchsten Naturwerke von Menschen nach wahren und natürlichen Gesetzen hervorgebracht worden. Alles Willkürliche, Eingebildete fällt zusammen, da ist die Notwendigkeit, da ist Gott.

Italienische Reise, 3. Teil
Rom, September 1787

Wenn man bedenkt, wie weit es die Griechen schon gebracht hatten, was für Kenntnisse bei ihnen blühten, und wie das alles untergegangen ist! dann sich ein bißchen umsieht nach dem, was uns bevorsteht, möchte man sich nur gleich auf die faule Haut legen. Aber man darf doch den Mut nicht verlieren. Es trieb mich auch immer und ich habe es mir sauer werden lassen.

Gespräch mit Karl Friedrich Reinhard
30. 5./10. 7. 1807

Ich kenne das Pädagogische überhaupt und besonders die Theaterpädagogik gut genug, um zu wissen, daß eigentlich hauptsächlich alles darauf ankommt, daß der Mensch einsehen lerne, was ihm fehlt, wodurch er es alsdann gewissermaßen schon erlangt, weil zu der Einsicht des Rechten und Nützlichen sich das Wollen sehr geschwind gesellt.

An Friederike Unzelmann, 14. 3. 1803

Doch wie wollte die Gottheit überall Wunder zu tun Gelegenheit finden, wenn sie es nicht zuweilen in außerordentlichen Individuen versuchte, die wir anstaunen und nicht begreifen, woher sie kommen?

Eckermann, Gespräche, 14. 2. 1831

Der Mensch vermag gar manches durch zweckmäßigen Gebrauch einzelner Kräfte, er vermag das Außerordentliche durch Verbindung mehrerer Fähigkeiten; aber das Einzige, ganz Unerwartete leistet er nur, wenn sich die sämtlichen Eigenschaften gleichmäßig in ihm vereinigen. Das letzte war das glückliche Los der Alten, besonders der Griechen in ihrer besten Zeit; auf die beiden ersten sind wir Neuern vom Schicksal angewiesen.
Wenn die gesunde Natur des Menschen als ein Ganzes wirkt, wenn er sich in der Welt als in einem großen, schönen, würdigen und werten Ganzen fühlt, wenn das harmonische Behagen ihm ein reines freies Entzücken gewährt, dann würde das Weltall, wenn es sich selbst empfinden könnte, als an sein Ziel gelangt aufjauchzen und den Gipfel des eigenen Werdens und Wesens bewundern. Denn wozu dient alle der Aufwand von Sonnen und Planeten und Monden, von Sternen und Milchstraßen, von Kometen und Nebelflecken, von gewordenen und werdenden Welten, wenn sich nicht zuletzt ein glücklicher Mensch unbewußt seines Daseins erfreut?
Wirft sich der Neuere, wie es uns eben jetzt ergangen, fast bei jeder Betrachtung ins Unendliche, um zuletzt, wenn es ihm glückt, auf einen beschränkten Punkt wie-

der zurückzukehren, so fühlten die Alten, ohne weiteren Umweg, sogleich ihre einzige Behaglichkeit innerhalb der lieblichen Grenzen der schönen Welt. Hieher waren sie gesetzt, hiezu berufen, hier fand ihre Tätigkeit Raum, ihre Leidenschaft Gegenstand und Nahrung.

Winckelmann und sein Jahrhundert
Antikes

Man bedenkt nicht, daß der Charakter sich nur durchaus aufs Praktische beziehe. Nur in dem, was der Mensch tut, zu tun fortfährt, worauf er beharrt, darin zeigt er Charakter . . .

Zu brüderlichem Andenken Wielands

Seinen eigenen Weg zu verfolgen bleibt immer das vorteilhafteste: denn dieser hat das Glückliche uns von Irrwegen wieder auf uns selbst zurückzuführen.

Tag- und Jahreshefte
(= Annalen)

Das Höchste, wozu der Mensch gelangen kann, ist das Bewußtsein eigner Gesinnungen und Gedanken, das Erkennen seiner selbst, welches ihm die Einleitung gibt, auch fremde Gemütsarten innig zu erkennen. Nun gibt es Menschen, die mit einer natürlichen Anlage hiezu geboren sind und solche durch Erfahrung zu praktischen Zwecken ausbilden. Hieraus entsteht die Fähigkeit, der Welt und den Geschäften im höheren Sinn etwas abzugewinnen. Mit jener Anlage nun wird auch der Dichter geboren, nur daß er sie nicht zu unmittelbaren, irdischen Zwecken, sondern zu einem höhern, geistigen, allgemeinen Zweck ausbildet.

Europäische Literatur
Shakespeare und kein Ende

Große Gedanken und ein reines Herz, das ist's was wir uns von Gott erbitten sollten!

Wilhelm Meisters Wanderjahre
1. Buch, 10. Kapitel

Man mag sich noch so sehr zum Allgemeinen ausbilden, so bleibt man immer ein Individuum, dessen Natur, indem sie gewisse Eigenschaften besitzt, andere notwendig ausschließt.

An Wilhelm v. Humboldt, 16. 7. 1798

Es liegen in der menschlichen Natur wunderbare Kräfte, und eben wenn wir es am wenigsten hoffen, hat sie etwas Gutes für uns in Bereitschaft.

Eckermann, Gespräche, 12. 3. 1828

Man hat zu allen Zeiten gesagt und wiederholt, man solle trachten, sich selber zu kennen. Dies ist eine seltsame Forderung, der bis jetzt niemand genüget hat und der eigentlich auch niemand genügen soll. Der Mensch ist mit allem seinem Sinnen und Trachten aufs Äußere angewiesen, auf die Welt um ihn her, und er hat zu tun, diese insoweit zu kennen und sich insoweit dienstbar zu machen, als er es zu seinen Zwecken bedarf. Von sich selber weiß er bloß, wenn er genießt oder leidet, und so wird er auch bloß durch Leiden und Freuden über sich belehrt, was er zu suchen oder zu meiden hat. Übrigens aber ist der Mensch ein dunkeles Wesen, er weiß nicht, woher er kommt noch wohin er geht, er weiß wenig von der Welt und am wenigsten von sich selber. Ich kenne mich auch nicht, und Gott soll mich auch davor behüten.

Eckermann, Gespräche, 10. 4. 1829

Wo ich aufhören muß, sittlich zu sein, habe ich keine Gewalt mehr.

Maximen und Reflexionen
Aus Wilhelm Meisters Wanderjahren

Das Höchste, was wir von Gott und der Natur erhalten haben, ist das Leben, die rotierende Bewegung der Monas um sich selbst, welche weder Rast noch Ruhe kennt; der Trieb, das Leben zu hegen und zu pflegen, ist einem jeden unverwüstlich eingeboren, die Eigentümlichkeit desselben jedoch bleibt uns und andern ein Geheimnis.

Die zweite Gunst der von oben wirkenden Wesen ist das Erlebte, das Gewahrwerden, das Eingreifen der lebendig-beweglichen Monas in die Umgebungen der Außenwelt, wodurch sie sich erst selbst als innerlich Grenzenloses, als äußerlich Begrenztes gewahr wird. Über dieses Erlebte können wir, obgleich Anlage, Aufmerksamkeit und Glück dazu gehört, in uns selbst klar werden; andern bleibt aber auch dies immer ein Geheimnis.

Als Drittes entwickelt sich nun dasjenige, was wir als Handlung und Tat, als Wort und Schrift gegen die Außenwelt richten; dieses gehört derselben mehr an als uns selbst, so wie sie sich darüber auch eher verständigen kann, als wir es selbst vermögen; jedoch fühlt sie, daß sie, um recht klar darüber zu werden, auch von unserm Erlebten soviel als möglich zu erfahren habe. Weshalb man auch auf Jugendanfänge, Stufen der Bildung, Lebenseinzelnheiten, Anekdoten und dergleichen höchst begierig ist.

Maximen und Reflexionen
Aus den Heften zur Morphologie

Ich behaupte, der Mensch kann sich nie selbst kennenlernen, sich nie rein als Objekt betrachten. Andre kennen mich besser als ich mich selbst. Nur meine Bezüge zur Außenwelt kann ich kennen und richtig würdigen lernen, darauf sollte man sich beschränken. Mit allem Streben nach Selbstkenntnis, das die Priester, das die Moral uns predigen, kommen wir nicht weiter im Leben, gelangen weder zu Resultaten noch zu wahrer innerer Besserung. Doch will ich diese Ansicht nicht eben für ein Evangelium ausgeben. Was sind travers? Falsche Stellungen zur Außenwelt. Wer hat sie nicht? Jede Lebensstufe hat die ihr eignen.

Gespräch mit Friedrich v. Müller, 8. 3. 1824

Gedenke zu leben.

Wilhelm Meisters Lehrjahre
8. Buch, 5. Kapitel

Von wem auf Lebens- und Wissens-Bahnen
Wardst du genährt und befestet?
Zu fragen sind wir beauftragt.

»Ich habe niemals danach gefragt:
Von welchen Schnepfen und Fasanen,
Kapaunen und Wälschenhahnen
Ich mein Bäuchelchen gemästet.

So bei Pythagoras, bei den Besten,
Saß ich unter zufriednen Gästen;
Ihr Frohmahl hab ich unverdrossen
Niemals bestohlen, immer genossen.«

Gedichte aus dem Nachlaß
Parabolisch

Die Welt ist nicht aus Brei und Mus geschaffen,
Deswegen haltet euch nicht wie Schlaraffen;
Harte Bissen gibt es zu kauen:
Wir müssen erwürgen oder sie verdauen.

Sprichwörtlich

Handle besonnen, ist die praktische Seite von: Erkenne dich selbst. Beides darf weder als Gesetz noch als Forderung betrachtet werden; es ist aufgestellt wie das Schwarze der Scheibe, das man immer auf dem Korn haben muß wenn man es auch nicht immer trifft. Die Menschen würden verständiger und glücklicher sein wenn sie zwischen dem unendlichen Ziel und dem bedingten Zweck den Unterschied zu finden wüßten und sich nach und nach ablauerten, wie weit ihre Mittel denn eigentlich reichen.

An Friedrich Johann Rochlitz, 23. 11. 1829

Kenne ich mein Verhältnis zu mir selbst und zur Außenwelt, so heiß' ich's Wahrheit. Und so kann jeder seine eigene Wahrheit haben, und es ist doch immer dieselbige.

Maximen und Reflexionen
Aus Kunst und Altertum

Wie die Pflanzen zu wachsen belieben,
Darin wird jeder Gärtner sich üben;
Wo aber des Menschen Wachstum ruht,
Dazu jeder selbst das Beste tut.

Sprichwörtlich

Ultimatum

Und so sag ich zum letzten Male:
Natur hat weder Kern noch Schale;
Du prüfe dich nur allermeist,
Ob du Kern oder Schale seist!

»Wir kennen dich, du Schalk!
Du machst nur Possen;
Vor unsrer Nase doch
Ist viel verschlossen.«

Ihr folget falscher Spur;
Denkt nicht: wir scherzen!
Ist nicht der Kern der Natur
Menschen im Herzen?

Gott und Welt

Priorität

Von Kindheit auf empfinden wir die größte Freude über Gegenstände, insofern wir sie lebhaft gewahr werden, daher die neugierigen Fragen der kleinen Geschöpfe, sobald sie nur irgend zum Bewußtsein kommen. Man belehrt und befriedigt sie für eine Zeitlang. Mit den Jahren aber wächst die Lust am Ergrübeln, Entdecken, Erfinden, und durch solche Tätigkeit wird nach und nach Wert und Würde des Subjekts gesteigert. Wer sodann in der Folge, beim Anlaß einer äußern Erscheinung, sich in seinem innern Selbst gewahr wird, der fühlt ein Behagen, ein eigenes Vertrauen, eine Lust, die zugleich eine befriedigende Beruhigung gibt; dies nennt man entdekken, erfinden. Der Mensch erlangt die Gewißheit seines eigenen Wesens dadurch, daß er das Wesen außer ihm als seinesgleichen, als gesetzlich anerkennt. Jedem einzelnen ist zu verzeihen, wenn er hierüber gloriiert, indem die ganze Nation teilnimmt an der Ehre und Freude, die ihrem Landsmann geworden ist.

Zur Wissenschaftslehre, Meteore

Lange leben heißt viele überleben, so klingt das leidige Ritornell unseres vaudevilleartig hinschludernden Lebensganges . . .
Wirken wir fort bis wir, vor oder nacheinander, vom Weltgeist berufen in den Äther zurückkehren! Möge dann der ewig Lebendige uns neue Tätigkeiten, denen analog in welchen wir uns schon erprobt, nicht versagen! Fügt er sodann Erinnerung und Nachgefühl des Rechten und Guten was wir hier schon gewollt und geleistet, väterlich hinzu, so würden wir gewiß nur desto rascher in die Kämme des Weltgetriebes eingreifen.
Die entelechische Monade muß sich nur in rastloser Tätigkeit erhalten; wird ihr diese zur andern Natur, so kann es ihr in Ewigkeit nicht an Beschäftigung fehlen.

An Karl Friedrich Zelter, 19. 3. 1827

Den Absolutisten

»Wir streben nach dem Absoluten,
Als nach dem allerhöchsten Guten.«
Ich stell es einem jeden frei;
Doch merkt ich mir vor andern Dingen:
Wie unbedingt, uns zu bedingen,
Die absolute Liebe sei.

Epigrammatisch

In Kunst und Wissenschaft sowie im Tun und Handeln kommt alles darauf an, daß die Objekte rein aufgefaßt und ihrer Natur gemäß behandelt werden.

Maximen und Reflexionen
Aus Kunst und Altertum

. . . und die Welt ist denn doch nicht wert, daß man sich, um ihr Spaß zu machen, mit der Welt überwerfe.

An Karl Friedrich Zelter, 17. 5. 1815

Wie kann sich der Mensch gegen das Unendliche stellen, als wenn er alle geistigen Kräfte die nach vielen Seiten hingezogen werden in seinem Innersten, Tiefsten versammelt, wenn er sich fragt: Darfst du dich in der Mitte dieser ewig lebendigen Ordnung auch nur denken, sobald sich nicht gleichfalls in dir ein herrlich Bewegtes, um einen reinen Mittelpunkt kreisend, hervortut? Und selbst wenn es dir schwer würde diesen Mittelpunkt in deinem Busen aufzufinden, so würdest du ihn daran erkennen, daß eine wohlwollende, wohltätige Wirkung von ihm ausgeht und von ihm Zeugnis gibt.
Wer soll, wer kann aber auf sein vergangenes Leben zurückblicken, ohne gewissermaßen irre zu werden, da er meistens finden wird, daß sein Wollen richtig, sein Tun falsch, sein Begehren tadelhaft und sein Erlangen dennoch erwünscht gewesen?
Wie oft hast du diese Gestirne leuchten gesehen und haben sie dich nicht jederzeit anders gefunden? sie aber sind immer dieselbigen und sagen immer dasselbige: wir bezeichnen, wiederholen sie, durch unsern gesetzmäßigen Gang, Tag und Stunde; frage dich auch wie verhältst du dich zu Tag und Stunde? –

Wilhelm Meisters Wanderjahre
1. Buch, 10. Kapitel

Alles Reden und Beschreiben hilft bei sinnlichen, ja auch bei moralischen Gegenständen nichts.

An Charlotte v. Stein, Rom, 2. 12. 1786

Wem es lebhaft und gegenwärtig ist, welche unendliche Operationen Natur und Kunst machen müssen, bis ein gebildeter Mensch dasteht, wer selbst so viel als möglich an der Bildung seiner Mitbrüder teil nimmt, der möchte verzweifeln, wenn er sieht, wie freventlich sich oft der Mensch zerstört und so oft in den Fall kommt, mit oder ohne Schuld, zerstört zu werden.

Wilhelm Meisters Lehrjahre
7. Buch, 2. Kapitel

Ich habe in meinem Beruf als Schriftsteller nie gefragt: was will die große Masse und wie nütze ich dem Ganzen? sondern ich habe immer nur dahin getrachtet, mich selbst einsichtiger und besser zu machen, den Gehalt meiner eigenen Persönlichkeit zu steigern und dann immer nur auszusprechen, was ich als gut und wahr erkannt hatte.

Eckermann, Gespräche, 20. 10. 1830

Nein, der Dichter muß ganz sich, ganz in seinen geliebten Gegenständen leben. Er, der vom Himmel innerlich auf das köstlichste begabt ist, der einen sich immer selbst vermehrenden Schatz im Busen bewahrt, er muß auch von außen ungestört mit seinen Schätzen in der stillen Glückseligkeit leben, die ein Reicher vergebens mit aufgehäuften Gütern um sich hervorzubringen sucht. Sieh die Menschen an, wie sie nach Glück und Vergnügen rennen! Ihre Wünsche, ihre Mühe, ihr Geld jagen rastlos, und wonach? nach dem, was der Dichter von der Natur erhalten hat, nach dem Genuß der Welt, nach dem Mitgefühl seiner selbst in andern, nach einem harmonischen Zusammensein mit vielen oft unvereinbaren Dingen.
Was beunruhiget die Menschen, als daß sie ihre Begriffe nicht mit den Sachen verbinden können, daß der Genuß sich ihnen unter den Händen wegstiehlt, daß das Gewünschte zu spät kommt, und daß alles Erreichte und Erlangte auf ihr Herz nicht die Wirkung tut, welche die

Begierde uns in der Ferne ahnen läßt. Gleichsam wie einen Gott hat das Schicksal den Dichter über dieses alles hinüber gesetzt. Er sieht das Gewirre der Leidenschaften, Familien und Reiche sich zwecklos bewegen, er sieht die unauflöslichen Rätsel der Mißverständnisse, denen oft nur ein einsilbiges Wort zur Entwicklung fehlt, unsäglich verderbliche Verwirrungen verursachen. Er fühlt das Traurige und das Freudige jedes Menschenschicksals mit. Wenn der Weltmensch in einer abzehrenden Melancholie über großen Verlust seine Tage hinschleicht, oder in ausgelassener Freude seinem Schicksale entgegen geht, so schreitet die empfängliche, leichtbewegliche Seele des Dichters wie die wandelnde Sonne von Nacht zu Tag fort, und mit leisen Übergängen stimmte seine Harfe zu Freude und Leid. Eingeboren auf dem Grund seines Herzens wächst die schöne Blume der Weisheit hervor, und wenn die andern wachend träumen und von ungeheuren Vorstellungen aus allen ihren Sinnen geängstiget werden, so lebt er den Traum des Lebens als Wachender, und das Seltenste, was geschieht, ist ihm zugleich Vergangenheit und Zukunft.

Wilhelm Meisters Lehrjahre
2. Buch, 2. Kapitel

Da der Mensch nicht immer schaffen und hervorbringen kann, obschon solches freilich für ihn das Wünschenswerteste bleibt, so unterhält und erfreut ihn doch, wenn er das Verlorene aufsucht, das Zerstörte wieder herstellt, das Zerstreute sammelt, ordnet und belebt. Deswegen haben wir alle miteinander so große Lust am Ausgraben verschütteter Denkmale der Vorzeit und nehmen an solchen Bemühungen den lebhaftesten Anteil.

Ausgrabungen

Was wir von Natur sehen, ist Kraft, die Kraft verschlingt, nichts gegenwärtig, alles vorübergehend, tausend Keime zertreten, jeden Augenblick tausend geboren, groß und bedeutend, mannigfaltig ins Unendliche; schön und häßlich, gut und bös, alles mit gleichem Rechte nebeneinander existierend. Und die Kunst ist gerade das Widerspiel; sie entspringt aus den Bemühungen des Individuums sich gegen die zerstörende Kraft des Ganzen zu erhalten. Schon das Tier durch seine Kunsttriebe scheidet, verwahrt sich; der Mensch durch alle Zustände befestigt sich gegen die Natur, ihre tausendfachen Übel zu vermeiden, und nur das Maß von Gutem zu genießen, bis es ihm endlich gelingt, die Zirkulation aller seiner wahren und gemachten Bedürfnisse in einen Palast einzuschließen, sofern es möglich ist, alle zerstreute Schönheit und Glückseligkeit in seine gläsernen Mauern zu bannen, wo er denn immer weicher und weicher wird, den Freuden des Körpers Freuden der Seele substituiert, und seine Kräfte, von keiner Widerwärtigkeit zum Naturgebrauche aufgespannt, in Tugend, Wohltätigkeit, Empfindsamkeit zerfließen.

Über Sulzer: Die schönen Künste

Es geht mit der Kunst wie mit dem Leben: je weiter man hineinkommt, je breiter wird sie.

Italienische Reise, 1. Teil
Ferrara bis Rom 1786

Alles Tragische beruht auf einem unausgleichbaren Gegensatz. Sowie Ausgleichung eintritt oder möglich, schwindet das Tragische.

Gespräch mit Friedrich v. Müller, 6. 6. 1824

Ich habe es offt gesagt und werde es noch offt wiederholen die Causa finalis der Welt und Menschenhändel ist die dramatische Dichtkunst.

An Charlotte v. Stein, 3. 3. 1785

Denn was soll das Reale an sich? Wir haben Freude daran, wenn es mit Wahrheit dargestellt ist, ja es kann uns auch von gewissen Dingen eine deutlichere Erkenntnis geben; aber der eigentliche Gewinn für unsere höhere Natur liegt doch allein im Idealen, das aus dem Herzen des Dichters hervorging.

Eckermann, Gespräche, 18. 1. 1827

Im ganzen ist der Stil eines Schriftstellers ein treuer Abdruck seines Innern; will jemand einen klaren Stil schreiben, so sei es ihm zuvor klar in seiner Seele, und will jemand einen großartigen Stil schreiben, so habe er einen großartigen Charakter.

Eckermann, Gespräche, 14. 4. 1824

... allein hätte ich nicht die Welt durch Antizipation bereits in mir getragen, ich wäre mit sehenden Augen blind geblieben, und alle Erforschung und Erfahrung wäre nichts gewesen als ein ganz totes vergebliches Bemühen. Das Licht ist da, und die Farben umgeben uns; allein trügen wir kein Licht und keine Farben im eigenen Auge, so würden wir auch außer uns dergleichen nicht wahrnehmen.

Eckermann, Gespräche, 26. 2. 1824

Etwas Ähnliches, sagte ich, kommt in der literarischen Welt häufig vor, indem man zum Beispiel an dieses oder jenes berühmten Mannes Originalität zweifelt und die Quellen auszuspüren sucht, woher er seine Kultur hat. Das ist sehr lächerlich! sagte Goethe; man könnte ebensogut einen wohlgenährten Mann nach den Ochsen, Schafen und Schweinen fragen, die er gegessen und die ihm Kräfte gegeben. Wir bringen wohl Fähigkeiten mit, aber unsere Entwickelung verdanken wir tausend Einwirkungen einer großen Welt, aus der wir uns aneignen, was wir können und was uns gemäß ist. Ich verdanke den Griechen und Franzosen viel, ich bin Shakespeare, Sterne und Goldsmith Unendliches schuldig geworden. Allein damit sind die Quellen meiner Kultur nicht nachgewiesen; es würde ins Grenzenlose gehen und wäre auch nicht nötig. Die Hauptsache ist, daß man eine Seele habe, die das Wahre liebt und die es aufnimmt, wo sie es findet.

Eckermann, Gespräche, 16. 12. 1828

Ei! so habt doch endlich einmal die Courage euch den Eindrücken hinzugeben, euch ergötzen zu lassen, euch rühren zu lassen, euch erheben zu lassen, ja euch belehren und zu etwas Großem entflammen und ermutigen zu lassen; aber denkt nur nicht immer, es wäre alles eitel, wenn es nicht irgend abstrakter Gedanke und Idee wäre!

Eckermann, Gespräche, 6. 5. 1827

Denn was ist Genie anders als jene produktive Kraft, wodurch Taten entstehen, die vor Gott und der Natur sich zeigen können und die eben deswegen Folge haben und von Dauer sind.

Eckermann, Gespräche, 11. 3. 1828

Es läßt sich bemerken, daß ein jeder den Weg, auf welchem er zu irgend einer Kenntnis und Einsicht gelangt, allen übrigen vorziehen und seine Nachfolger gern auf denselben einleiten und einweihen möchte.

West-östlicher Divan
Noten und Abhandlungen

FÜNF ANDERE

Was verkürzt mir die Zeit?
  Tätigkeit!
Was macht sie unerträglich lang?
  Müßiggang!
Was bringt in Schulden?
  Harren und Dulden!
Was macht Gewinnen?
  Nicht lange besinnen!
Was bringt zu Ehren?
  Sich wehren!

West-östlicher Divan
Buch der Betrachtungen

Eile mit Weile! das war selbst Kaiser Augustus' Devise.

Hermann und Dorothea

Die Erfahrung ist fast immer eine Parodie auf die Idee.

Reise in die Schweiz 1797

Wer das erste Knopfloch verfehlt, kommt mit dem Zuknöpfen nicht zu Rande.

Es ist nichts furchtbarer anzuschauen als grenzenlose Tätigkeit ohne Fundament. Glücklich diejenigen, die im

Praktischen gegründet sind und sich zu gründen wissen! Hiezu bedarf's aber einer ganz eigenen Doppelgabe.

Maximen und Reflexionen
Nachlaß: Über Literatur und Leben

Nicht das macht frei, daß wir nichts über uns anerkennen wollen, sondern eben daß wir etwas verehren, das über uns ist. Denn indem wir es verehren, heben wir uns zu ihm hinauf und legen durch unsere Anerkennung an den Tag, daß wir selber das Höhere in uns tragen und wert sind seinesgleichen zu sein.

Eckermann, Gespräche, 18. 1. 1827

Weißt du, worin der Spaß des Lebens liegt?
Sei lustig! – geht es nicht, so sei vergnügt.

Zahme Xenien II

Halte dich nur im stillen rein
Und laß es um dich wettern;
Je mehr du fühlst, ein Mensch zu sein,
Desto ähnlicher bist du den Göttern.

Zahme Xenien V

Daß der Mensch ins Unvermeidliche sich füge, darauf dringen alle Religionen, jede sucht auf ihre Weise mit dieser Aufgabe fertig zu werden.
Die christliche hilft durch Glaube, Liebe, Hoffnung gar anmutig nach; daraus entsteht denn die Geduld, ein süßes Gefühl, welch eine schätzbare Gabe das Dasein bleibe, auch wenn ihm, anstatt des gewünschten Genusses, das widerwärtigste Leiden aufgebürdet wird. An dieser Religion halten wir fest, aber auf eine eigne Weise; wir unterrichten unsre Kinder von Jugend auf von den großen

Vorteilen, die sie uns gebracht hat; dagegen von ihrem Ursprung, von ihrem Verlauf geben wir zuletzt Kenntnis. Alsdann wird uns der Urheber erst lieb und wert, und alle Nachricht die sich auf ihn bezieht wird heilig.

Wilhelm Meisters Wanderjahre
3. Buch, 11. Kapitel

V
Wissen und Leben

Die Natur hat sich so viel Freiheit vorbehalten, daß wir mit Wissen und Wissenschaft ihr nicht durchgängig beikommen oder sie in die Enge treiben können.

Maximen und Reflexionen
Aus den Heften zur Wissenschaft

Alle praktische Menschen suchen sich die Welt handrecht zu machen; alle Denker wollen sie kopfrecht haben. Wie weit es jedem gelingt, mögen sie zusehen.

Maximen und Reflexionen
Nachlaß: Über Literatur und Leben

Die Geschichte der Wissenschaften ist eine große Fuge, in der die Stimmen der Völker nach und nach zum Vorschein kommen.

Maximen und Reflexionen
Aus Wilhelm Meisters Wanderjahren

Es ist viel mehr schon entdeckt, als man glaubt.
Da die Gegenstände durch die Ansichten der Menschen erst aus dem Nichts hervorgehoben werden, so kehren sie, wenn sich die Ansichten verlieren, auch wieder ins Nichts zurück: Rundung der Erde, Platos Bläue.

Maximen und Reflexionen
Nachlaß: Natur – Naturwissenschaft

Je älter man wird desto mehr verschwindet das einzelne, die Seele gewöhnt sich an Resultate und verliert darüber das Detail aus den Augen.

An Charlotte v. Stein, 23. 6. 1784

Die Geschichte der Wissenschaften zeigt uns bei allem, was für dieselben geschieht, gewisse Epochen, die bald schneller bald langsamer aufeinander folgen. Eine bedeutende Ansicht, neu oder erneut, wird ausgesprochen; sie wird anerkannt, früher oder später; es finden sich Mitarbeiter; das Resultat geht in die Schüler über; es wird gelehrt und fortgepflanzt, und wir bemerken leider, daß es gar nicht darauf ankommt, ob die Ansicht wahr oder falsch sei; beides macht denselben Gang, beides wird zuletzt eine Phrase, beides prägt sich als totes Wort dem Gedächtnis ein.

Der gemeine Wissenschaftler hält alles für überlieferbar und fühlt nicht, daß die Niedrigkeit seiner Ansichten ihn sogar das eigentlich Überlieferbare nicht fassen läßt.

Aphorismen und Fragmente
Wissenschaftsgeschichte

Das längst Gefundene wird wieder verscharrt; wie bemühte sich Tycho, die Kometen zu regelmäßigen Körpern zu machen, wofür sie Seneca längst anerkannt!

Aphorismen und Fragmente
Wissenschaftsgeschichte

Für hochbegabte Naturen, bemerkte ich, mag das Studium der Schriften des Altertums allerdings ganz unschätzbar sein; allein im allgemeinen scheint es auf den persönlichen Charakter wenig Einfluß auszuüben. Wenn das wäre, so müßten ja alle Philologen und Theologen die vortrefflichsten Menschen sein. Dies ist aber keineswegs der Fall, und es sind solche Kenner der griechischen und lateinischen Schriften des Altertums eben tüchtige Leute oder auch arme Wichte, je nach den guten oder schlechten Eigenschaften, die Gott in ihre Natur gelegt oder die sie von Vater und Mutter mitbrachten.
Dagegen ist nichts zu erinnern, erwiderte Goethe; aber damit ist durchaus nicht gesagt, daß das Studium der Schriften des Altertums für die Bildung eines Charakters überall ohne Wirkung wäre. Ein Lump bleibt freilich ein

Lump, und eine kleinliche Natur wird durch einen selbst täglichen Verkehr mit der Großheit antiker Gesinnung um keinen Zoll größer werden. Allein ein edler Mensch, in dessen Seele Gott die Fähigkeit künftiger Charaktergröße und Geisteshoheit gelegt, wird durch die Bekanntschaft und den vertraulichen Umgang mit den erhabenen Naturen griechischer und römischer Vorzeit sich auf das herrlichste entwickeln und mit jedem Tage zusehends zu ähnlicher Größe heranwachsen.

Eckermann, Gespräche, 1. 4. 1827

Die Gelehrsamkeit überhaupt läßt sich ohne die alten Sprachen nicht denken, und wie sollte sich jemand zum Erzieher in höherem Sinne bilden ohne gründliches Studium derselben.

Über Kunst und Altertum, Lesarten

Unwissende werfen Fragen auf, welche von Wissenden vor tausend Jahren schon beantwortet sind.

Aphorismen und Fragmente
Wissenschaftsgeschichte

Die Bildung nämlich unserer Zeit steht so hoch, daß weder die Wissenschaft der Kunst, noch diese jener entbehren kann. Seit Winckelmanns und seiner Nachfolger Bemühungen ist Philologie ohne Kunstbegriff nur einäugig. Alle mehr oder weniger gebildeten Völker hatten eine zweite Natur durch Künste um sich erschaffen, die aus Überlieferung, Nationalcharakter und klimatischen Einfluß hervorwuchs, deswegen uns alle altertümlichen Reste, von Götterstatuen bis zu Scherben und Ziegeln herab, respektabel und belehrend bleiben.
Und so fördern die verschiedenen Zweige der Wissenschaften einander, wie denn auch die verschiedenen Zweige der Kunst einander fördern.

Wer sich ein solches Ganze lebendig denkt, wird es an Einen großen Ort, wo alle Glieder sich unmittelbar berühren, hinwünschen: denn gerade diese Berührung ist es, woraus das wechselseitige Leben und eine Fördernis entspringt, welche sonst auf keine Weise denkbar ist.

An Johann August Sack, 15. 1. 1816

Nennst du ein Wunder dies,
Kretas Erzeugte?
Dichtend belehrendem Wort
Hast du gelauscht wohl nimmer?
Niemals noch gehört Joniens,
Nie vernommen auch Hellas
Urväterlicher Sagen
Göttlich-heldenhaften Reichtum?

Alles, was je geschieht
Heutigen Tages,
Trauriger Nachklang ists
Herrlicher Ahnherrntage!
Nicht vergleicht sich dein Erzählen
Dem, was liebliche Lüge,
Glaubhaftiger als Wahrheit,
Von dem Sohne sang der Maja.

Faust II, 3, Arkadien

Der denkende Mensch irrt besonders, wenn er sich nach Ursache und Wirkung erkundigt: sie beide zusammen machen das unteilbare Phänomen. Wer das zu erkennen weiß, ist auf dem rechten Wege zum Tun, zur Tat.

Es ist nichts schädlicher, als den Geist einseitig zu gewöhnen, im Erklären und Ableiten der Phänomene immer ein herkömmliches Credo zu wiederholen.
Die Natur, in ihren Wirkungen höchst mannigfaltig,

vermag Ähnliches, Gleichscheinendes auf ganz verschiedenen Wegen hervorzubringen.

Aphorismen und Fragmente
Ursache und Wirkung

Zweierlei Arten der Darstellung

Die wissenschaftliche nach innen hat sich zu hüten, daß sie das allgemeine Interesse sich nicht nach und nach selbst verscherze.
Die Wissenschaft nach außen hat sich zu hüten, daß sie ihren Wert, ihr Gründliches, ihren Gehalt nicht verliere.
Die Wissenschaft nach innen kann deskriptiv sein; und bloß auf wörtlicher Mitteilung und Überlieferung beruhen.
Die Wissenschaft nach außen muß vorzeigend sein.
Jene sucht den Gegenstand bis ins unendliche zu teilen.
Diese unter allgemeine Gesichtspunkte zu bringen.
Jene hält die Eingeweihten fest.
Diese lockt den Fremden und Unwissenden.
Beide widersprechen einander nicht, sondern bieten einander die Hände,
sobald beide Behandlungsarten im rechten Sinn geführt werden.
Es sind dieses bekannte Wahrheiten, die man aber, wenn von Wissen und Wissenschaft die Rede ist, manchmal wieder dem Gedächtnis und der Überlegung auffrischen muß ...

Es steht also hier die Bemerkung wohl am rechten Platze, daß man zwar irgendein durch Erfahrung ausgemitteltes allgemeines Naturgesetz linearsymbolisch ausdrücken und dabei gar wohl die Umstände, wodurch das zum Grunde liegende Phänomen hervorgebracht wird, voraussetzen könne; daß man aber von solchen Figuren auf dem Papiere nicht gegen die Natur weiter operieren dürfe, daß man bei Darstellung eines Phänomens, das bloß durch die bestimmtesten Bedingungen hervorgebracht wird, ebendiese Bedingungen nicht ignorieren, verschweigen, beseitigen dürfe; sondern sich Mühe zu geben habe, diese gleichfalls im allgemeinen auszusprechen und symbolisch darzustellen.

Bei wissenschaftlichen Streitigkeiten nehme man sich in acht, die Probleme nicht zu vermehren.

Man braucht nicht alles selbst gesehen noch erlebt zu haben; willst du aber dem anderen und seinen Darstellungen vertrauen, so denke, daß du es nun mit dreien zu tun hast: mit dem Gegenstand und zwei Subjekten.

Man weiß eigentlich das, was man weiß, nur für sich selbst. Spreche ich mit einem andern von dem, was ich zu wissen glaube, unmittelbar glaubt ers besser zu wissen, und ich muß mit meinem Wissen immer wieder in mich selbst zurückkehren.

Die Afterweisen suchen von jeder neuen Entdeckung nur so geschwind als möglich für sich einigen Vorteil zu ziehen, indem sie einen eitlen Ruhm bald in Fortpflanzung, bald in Vermehrung, bald in Verbesserung, geschwinder Besitznahme, vielleicht gar durch Präokkupation zu erwerben trachten und durch solche Unreifheiten die wahre Wissenschaft unsicher machen und verwirren, ja ihre schönste Folge, die praktische Blüte derselben, offenbar verkümmern.

Nur durch eine erhöhte Praxis sollten die Wissenschaften auf die äußere Welt wirken: denn eigentlich sind sie alle esoterisch und können nur durch Verbessern irgendeines Tuns exoterisch werden. Alle übrige Teilnahme führt zu nichts.

Wissenschaften entfernen sich im ganzen immer vom Leben und kehren nur durch einen Umweg wieder dahin zurück.

In der Naturforschung bedarf es eines kategorischen Imperativs so gut als im Sittlichen; nur bedenke man, daß man dadurch nicht am Ende, sondern erst am Anfang ist.

Aphorismen und Fragmente
Wissen und Wissenschaft

Es ist eine Eigenheit dem Menschen angeboren und mit seiner Natur innigst verwebt, daß ihm zur Erkenntnis das Nächste nicht genügt; da doch jede Erscheinung, die wir selbst gewahr werden, im Augenblick das Nächste ist, und wir von ihr fordern können, daß sie sich selbst erkläre, wenn wir kräftig in sie dringen.

Man sehe die Physik genau durch, und man wird finden, daß die Phänomene, sowie die Versuche worauf sie gebaut ist, verschiedenen Wert haben.

Was würden wir zu einem Taschenspieler sagen, der durch seine Kunststücke etwas beweisen wollte? Er kann einem ehrlichen Manne einen fremden Beutel in die Tasche bringen; aber er beweist dadurch nicht, daß jener ein Dieb sei. Er kann eine verbrannte Karte wieder sehen lassen, er beweist aber dadurch die Palingenesie jener Karte nicht. Seine Kunst besteht darin, daß er durch Geschicklichkeit und Geschwindigkeit unsern Augen die Mittel entzieht, wodurch er zu seinem Zwecke gelangt. Wären diese Mittel dem Zwecke nicht proportioniert, so würde es ein Wunder sein. Aber der Taschenspieler ahmt in seinem beschränkten Kreise die große Natur nach. Sie tut ebensowenig Wunder als er. Alle ihre Mittel sind ihrem Zwecke proportioniert, oder, um reiner zu sprechen: alle Resultate, die wir gewahr werden, sind Wirkungen höchst konsequenter, obgleich unsern Augen oft verborgner Ursachen.

Sind wir nun geneigt, unsre Seele vom Anstaunen zur Bewunderung zu erheben, so müssen wir die Natur geradezu wie den Taschenspieler behandeln, und wie wir bei jenem Kunststücke, wobei Geschicklichkeit und Geschwindigkeit zwei sehr widersprechende Dinge, einen fremden Beutel und eines ehrlichen Mannes Tasche, zu verbinden gewußt, die Mittel hiezu und die Operationen Schritt vor Schritt aufsuchen und es endlich doch noch bewundernswürdig finden, daß das Kunstwerk auf diesem Wege hat vollbracht werden können, so haben wir sorgfältig die Mittel aufzusuchen, wodurch die Natur in großer Nähe beieinander widersprechende Phänomene hervorzubringen weiß, so wie wir oft sehr harmonische Phänomene in anscheinender großer Entfernung voneinander mit Verwunderung bemerken.

Aphorismen und Fragmente
Beobachten und Denken

Wenn ein Wissen reif ist, Wissenschaft zu werden, so muß notwendig eine Krise entstehen: denn es wird die Differenz offenbar zwischen denen, die das einzelne trennen und getrennt darstellen, und solchen, die das Allgemeine im Auge haben und gern das Besondere an- und einfügen möchten. Wie nun aber die wissenschaftliche, ideelle, umgreifendere Behandlung sich mehr und mehr Freunde, Gönner und Mitarbeiter wirbt, so bleibt auf der höheren Stufe jene Trennung zwar nicht so entschieden, aber doch genugsam merklich.

Diejenigen, welche ich die Universalisten nennen möchte, sind überzeugt und stellen sich vor: daß alles überall, obgleich mit unendlichen Abweichungen und Mannigfaltigkeiten, vorhanden und vielleicht auch zu finden sei; die andern, die ich Singularisten benennen will, gestehen den Hauptpunkt im allgemeinen zu, ja, sie beobachten, bestimmen und lehren hiernach; aber immer wollen sie Ausnahmen finden, da wo der ganze Typus nicht ausgesprochen ist, und darin haben sie recht. Ihr Fehler aber ist nur, daß sie die Grundgestalt verkennen, wo sie sich verhüllt, und leugnen, wenn sie sich verbirgt. Da nun beide Vorstellungsweisen ursprünglich sind und sich einander ewig gegenüberstehen werden, ohne sich zu vereinigen oder aufzuheben, so hüte man ja sich vor aller Kontroverse und stelle seine Überzeugung klar und nackt hin.

So wiederhole ich die meinige: daß man auf diesen höheren Stufen nicht wissen kann, sondern tun muß: so wie an einem Spiele wenig zu wissen und alles zu leisten ist. Die Natur hat uns das Schachbrett gegeben, aus dem wir nicht hinaus wirken können noch wollen; sie hat uns die Steine geschnitzt, deren Wert, Bewegung und Vermögen nach und nach bekannt werden; nun ist es an uns, Züge zu tun, von denen wir uns Gewinn versprechen; dies versucht nun ein jeder auf seine Weise und läßt sich nicht gern einreden. Mag das also geschehen, und beobachten wir nur vor allem genau: wie nah oder fern ein jeder von uns stehe, und vertragen uns sodann vorzüglich mit denjenigen, die sich zu der Seite bekennen, zu der wir uns halten. Ferner bedenke man, daß man immer mit einem unauflöslichen Problem zu tun habe, und erweise sich frisch und treu, alles zu beachten, was auf irgend eine Art zur Sprache kommt, am meisten dasjenige, was uns widerstrebt: denn dadurch wird man am ersten das Problematische gewahr, welches zwar in den Gegenständen selbst, mehr aber noch in den Menschen liegt. Ich bin nicht gewiß, ob ich in diesem so wohl bearbeiteten Felde persönlich weiter wirke, doch behalte ich mir vor, auf diese oder jene Wendung des Studiums, auf diese oder jene Schritte der einzelnen aufmerksam zu sein und aufmerksam zu machen.

Es ward von uns angedeutet, es müsse in dem Geiste eines wahren Naturforschers sich immerfort wechselsweise wie eine sich im Gleichgewicht bewegende Systole und Diastole ereignen, aber wir wollen nur gestehen, genau bemerkt zu haben, daß die Analyse der Synthese und umgekehrt diese jener hinderlich ist, in dem Grad, daß eine die andere auszuschließen scheint.
Dieses ins klare zu setzen wäre für den Psychologen keine geringe Aufgabe, die, insofern es möglich wäre, gelöst, beide Parteien über sich selbst aufklären und zu einer Versöhnung, vielleicht gar zu geselliger Mitarbeit die Einleitung geben könnte.

Ist das ganze Dasein ein ewiges Trennen und Verbinden, so folgt auch, daß die Menschen im Betrachten des ungeheuren Zustandes auch bald trennen, bald verbinden werden.

Gewiß würde man, nach meiner Überzeugung, über Gegenstände des Wissens, ihre Ableitung und Erklärung viel weniger streiten, wenn jeder vor allen Dingen sich selbst kennte und wüßte, zu welcher Partei er gehöre, was für eine Denkweise seiner Natur am angemessensten sei. Wir würden alsdann die Maximen, die uns beherrschen, ganz unumwunden aussprechen und unsere Erfahrungen und Urteile diesem gemäß ruhig mitteilen, ohne uns in irgendeinen Streit einzulassen.

Ich mußte daher bei meiner alten Art verbleiben, die mich nötigt, alle Naturphänomene in einer gewissen Folge der Entwicklung zu betrachten und die Übergänge vor- und rückwärts aufmerksam zu begleiten. Denn dadurch gelangte ich ganz allein zur lebendigen Übersicht, aus welcher ein Begriff sich bildet, der sodann in aufsteigender Linie der Idee begegnen wird.

Wenn jeder die Maxime ausspräche, wonach er urteilt, so würde man sich im großen und nicht im einzelnen streiten, und man würde in einem höhern Sinne Partei nehmen, als es gewöhnlich in der Wissenschaft geschieht.

Ein jeder Mensch sieht die fertige und geregelte, gebildete, vollkommene Welt doch nur als ein Element an, woraus er sich eine besondere, ihm angemessene Welt zu erschaffen bemüht ist. Tüchtige Menschen ergreifen sie ohne Bedenken und suchen damit, wie es gehen will, zu gebaren; andere zaudern an ihr herum; einige zweifeln sogar an ihrem Dasein.
Wer sich von dieser Grundwahrheit recht durchdrungen fühlte, würde mit niemandem streiten, sondern nur die Vorstellungsart eines andern wie seine eigene als ein Phänomen betrachten. Denn wir erfahren fast täglich, daß der eine mit Bequemlichkeit denken mag, was dem andern zu denken unmöglich ist, und zwar nicht etwa in Dingen, die auf Wohl und Wehe nur igendeinen Einfluß hätten, sondern in Dingen, die für uns völlig gleichgültig sind.

Aphorismen und Fragmente, Naturansicht

Vorschlag zur Güte

Die Natur gehört sich selbst an, Wesen dem Wesen; der Mensch gehört ihr, sie dem Menschen. Wer mit gesunden, offnen, freien Sinnen sich hineinfühlt, übt sein Recht aus, ebenso das frische Kind als der ernsteste Betrachter. Wundersam ist es daher, wenn die Naturforscher sich im ungemessenen Felde den Platz untereinan-

der bestreiten und eine grenzenlose Welt sich wechselsweise verengen möchten.
Erfahren, schauen, beobachten, betrachten, verknüpfen, entdecken, erfinden sind Geistestätigkeiten, welche tausendfältig, einzeln und zusammengenommen, von mehr oder weniger begabten Menschen ausgeübt werden. Bemerken, sondern, zählen, messen, wägen sind gleichfalls große Hülfsmittel, durch welche der Mensch die Natur umfaßt und über sie Herr zu werden sucht, damit er zuletzt alles zu seinem Nutzen verwende.
Von diesen genannten sämtlichen Wirksamkeiten und vielen andern verschwisterten hat die gütige Mutter niemanden ausgeschlossen. Ein Kind, ein Idiot macht wohl eine Bemerkung, die dem Gewandtesten entgeht, und eignet sich von dem großen Gemeingut, heiter unbewußt, sein beschieden Teil zu.
Bei der gegenwärtigen Lage der Naturwissenschaft muß daher immer wiederholt zur Sprache kommen, was sie fördern und was sie hindern kann, und nichts wird förderlicher sein, als wenn jeder an seinem Platze festhält, weiß, was er vermag, ausübt, was er kann, andern dagegen die gleiche Befugnis zugesteht, daß auch sie wirken und leisten. Leider aber geschieht, wie die Sachen stehen, dies nicht ohne Kampf und Streit, indem nach Welt- und Menschenweise feindselige Kräfte wirken, ausschließende Besitzungen sich festbilden und Verkümmerungen mancher Art, nicht etwa im Verborgenen, sondern öffentlich eintreten.
Auch in diesen unsern Blättern konnte Widerspruch und Widerstreit, ja sogar heftiger, nicht vermieden werden. Weil ich aber für mich und andere einen freiern Spielraum, als man uns bisher gegönnt, zu erringen wünsche, so darf man mir und den Gleichgesinnten keineswegs verargen, wenn wir dasjenige, was unsern rechtmäßigen Forderungen entgegen steht, scharf bezeichnen und uns nicht mehr gefallen lassen, was man seit so vielen Jahren herkömmlich gegen uns verübte.

Damit aber desto schneller alle widerwärtige Geistesaufregung verklinge, so geht unser Vorschlag zur Güte dahin, daß doch ein jeder, er sei auch wer er wolle, seine Befugnis prüfen und sich fragen möge: was leistest du denn eigentlich an deiner Stelle und wozu bist du berufen? Wir tun es jeden Tag, und diese Hefte sind die Bekenntnisse darüber, die wir so klar und rein, als der Gegenstand und die Kräfte es erlauben, ungestört fortzusetzen gedenken.

Zur Wissenschaftslehre

Man tut nicht wohl, sich allzulange im Abstrakten aufzuhalten. Das Esoterische schadet nur, indem es exoterisch zu werden trachtet. Leben wird am besten durchs Lebendige belehrt.

Es ist mit den Ableitungsgründen wie mit den Einteilungsgründen, sie müssen durchgehen, oder es ist gar nichts dran.

Auch in Wissenschaften kann man eigentlich nichts wissen, es will immer getan sein.

Die Wissenschaft hilft uns vor allem, daß sie das Staunen, wozu wir von Natur berufen sind, einigermaßen erleichtere; sodann aber, daß sie dem immer gesteigerten Leben neue Fertigkeiten erwecke zu Abwendung des Schädlichen und Einleitung des Nutzbaren.

Das Wissen beruht auf der Kenntnis des zu Unterscheidenden, die Wissenschaft auf der Anerkennung des nicht zu Unterscheidenden.

Das Wissen wird durch das Gewahrwerden seiner Lükken, durch das Gefühl seiner Mängel zur Wissenschaft geführt, welche vor, mit und nach allem Wissen besteht.

Wir würden unser Wissen nicht für Stückwerk erklären, wenn wir nicht einen Begriff von einem Ganzen hätten.

Die Wissenschaften zerstören sich auf doppelte Weise selbst: durch die Breite, in die sie gehen, und durch die Tiefe, in die sie sich versenken.

Die Wissenschaft wird dadurch sehr zurückgehalten, daß man sich abgibt mit dem, was nicht wissenswert, und mit dem, was nicht wißbar ist.

Alles was man (in Wissenschaften) fordert, ist so ungeheuer, daß man recht gut begreift, daß gar nichts geleistet wird.

In den Wissenschaften ist viel Gewisses, sobald man sich von den Ausnahmen nicht irremachen läßt und die Probleme zu ehren weiß.

Die wahren Weisen fragen, wie sich die Sache verhalte in sich selbst und zu andern Dingen, unbekümmert um den Nutzen, das heißt um die Anwendung auf das Bekannte und zum Leben Notwendige, welche ganz andere Geister, scharfsinnige, lebenslustige, technisch geübte und gewandte, schon finden werden.

Aphorismen und Fragmente
Wissen und Wissenschaft

Erfahrung und Wissenschaft

Die Phänomene, die wir andern auch wohl Fakta nennen, sind gewiß und bestimmt ihrer Natur nach, hingegen oft unbestimmt und schwankend, insofern sie erscheinen. Der Naturforscher sucht das Bestimmte der Erscheinungen zu fassen und festzuhalten, er ist in einzelnen Fällen aufmerksam nicht allein, wie die Phänomene erscheinen, sondern auch wie sie erscheinen sollten. Es gibt, wie ich besonders in dem Fache, das ich bearbeite, oft bemerken kann, viele empirische Brüche, die man wegwerfen muß, um ein reines konstantes Phänomen zu erhalten; allein sobald ich mir das erlaube, so stelle ich schon eine Art von Ideal auf.

Es ist aber dennoch ein großer Unterschied, ob man, wie Theoristen tun, einer Hypothese zu lieb, ganze Zahlen in die Brüche schlägt oder ob man einen empirischen Bruch der Idee des reinen Phänomens aufopfert.

Denn da der Beobachter nie das reine Phänomen mit Augen sieht, sondern vieles von seiner Geistesstimmung, von der Stimmung des Organs im Augenblick, von Licht, Luft, Witterung, Körpern, Behandlung und tausend andern Umständen abhängt, so ist ein Meer auszutrinken, wenn man sich an Individualität des Phänomens halten und diese beobachten, messen, wägen und beschreiben will.

Bei meiner Naturbeobachtung und Betrachtung bin ich folgender Methode, soviel als möglich war, besonders in den letzten Zeiten treu geblieben.

Wenn ich die Konstanz und Konsequenz der Phänomene bis auf einen gewissen Grad erfahren habe, so ziehe ich daraus ein empirisches Gesetz und schreibe es den künftigen Erscheinungen vor. Passen Gesetz und Erscheinungen in der Folge völlig, so habe ich gewonnen; passen sie nicht ganz, so werde ich auf die Umstände der einzelnen Fälle aufmerksam gemacht und genötigt, neue Bedingungen zu suchen, unter denen ich die widersprechenden

Versuche reiner darstellen kann; zeigt sich aber manchmal, unter gleichen Umständen, ein Fall, der meinem Gesetze widerspricht, so sehe ich, daß ich mit der ganzen Arbeit vorrucken und mir einen höhern Standpunkt suchen muß.
Dieses wäre also, nach meiner Erfahrung, derjenige Punkt, wo der menschliche Geist sich den Gegenständen in ihrer Allgemeinheit am meisten nähern, sie zu sich heranbringen, sich mit ihnen (wie wir es sonst in der gemeinen Empirie tun) auf eine rationelle Weise gleichsam amalgamieren kann. Was wir also von unserer Arbeit vorzuweisen hätten, wäre:

1. Das empirische Phänomen,
   das jeder Mensch in der Natur gewahr wird, und das nachher
2. zum wissenschaftlichen Phänomen
   durch Versuche erhoben wird, indem man es unter andern Umständen und Bedingungen, als es zuerst bekannt gewesen, und in einer mehr oder weniger glücklichen Folge darstellt.
3. Das reine Phänomen
   steht nun zuletzt als Resultat aller Erfahrungen und Versuche da. Es kann niemals isoliert sein, sondern es zeigt sich in einer stetigen Folge der Erscheinungen. Um es darzustellen, bestimmt der menschliche Geist das empirisch Wankende, schließt das Zufällige aus, sondert das Unreine, entwickelt das Verworrene, ja entdeckt das Unbekannte.

Hier wäre, wenn der Mensch sich zu bescheiden wüßte, vielleicht das letzte Ziel unserer Kräfte. Denn hier wird nicht nach Ursachen gefragt, sondern nach Bedingungen, unter welchen die Phänomene erscheinen; es wird ihre konsequente Folge, ihr ewiges Wiederkehren unter tausenderlei Umständen, ihre Einerleiheit und Veränderlichkeit angeschaut und angenommen, ihre Bestimmtheit anerkannt und durch den menschlichen Geist wieder bestimmt.

Zur Wissenschaftslehre

Die Lust zum Wissen wird bei dem Menschen zuerst dadurch angeregt, daß er bedeutende Phänomene gewahr wird, die seine Aufmerksamkeit an sich ziehen. Damit nun diese dauernd bleibe, so muß sich eine innigere Teilnahme finden, die uns nach und nach mit den Gegenständen bekannter macht. Alsdann bemerken wir erst eine große Mannigfaltigkeit, die uns als Menge entgegendringt. Wir sind genötigt zu sondern, zu unterscheiden und wieder zusammenzustellen, wodurch zuletzt eine Ordnung entsteht, die sich mit mehr oder weniger Zufriedenheit übersehen läßt.
Dieses in irgend einem Fache nur einigermaßen zu leisten, wird eine anhaltende strenge Beschäftigung nötig. Deswegen finden wir, daß die Menschen lieber durch eine allgemeine theoretische Ansicht, durch irgendeine Erklärungsart die Phänomene beiseite bringen, anstatt sich die Mühe zu geben, das Einzelne kennen zu lernen und ein Ganzes zu erbauen.

Farbenlehre – Didaktischer Teil
Einleitung

Was einer denn wüßte? was wissen man kann?
Darob verwirrt sich, überwirft sich der Mann.
»Was Einer wissen konnte, und was er nun weiß,
Er selber wiß es! Nichts macht ihm dann heiß.«

War die Henne zuerst? oder war das Ei vor der Henne?
Wer dies Rätsel erlöst, schlichtet den Streit um den Gott.

Gedichte aus dem Nachlaß
Epigrammatisch

Was ist das Schwerste von allem? Was dir das Leichteste dünket,
Mit den Augen zu sehn, was vor den Augen dir liegt.

Ärzte

Wissen möchtet ihr gern die geheime Struktur des Gebäudes,
Und ihr wählt den Moment, wenn es in Flammen gerät.

Metaphysiker und Physiker

Welches Treiben zugleich nach reiner Vernunft, nach Erfahrung,
Ach, sie stecken das Haus oben und unten in Brand.

Sorgend bewacht der Verstand des Wissens dürftigen Vorrat,
Nur zu erhalten ist er, nicht zu erobern geschickt.

Gedichte aus dem Nachlaß
Xenien von Goethe und Schiller

Epirrhema

Müsset im Naturbetrachten
Immer eins wie alles achten:
Nichts ist drinnen, nichts ist draußen;
Denn was innen, das ist außen.
So ergreifet ohne Säumnis
Heilig öffentlich Geheimnis.

Gott und Welt

Der Philolog ist angewiesen auf die Kongruenz des geschrieben Überlieferten. Ein Manuskript liegt zum Grunde, es finden sich in demselben wirkliche Lücken, Schreibfehler, die eine Lücke im Sinne machen, und was sonst alles an einem Manuskript zu tadeln sein mag. Nun findet sich eine zweite Abschrift, eine dritte; die Vergleichung derselben bewirkt immer mehr, das Verständige und Vernünftige der Überlieferung gewahr zu werden. Ja er geht weiter und verlangt von seinen innern Sinn, daß derselbe ohne äußere Hülfsmittel die Kongruenz des Abgehandelten immer mehr zu begreifen und darzustellen wisse. Weil nun hiezu ein besonderer Takt, eine besondere Vertiefung in seinen abgeschiedenen Autor nötig und ein gewisser Grad von Erfindungskraft gefordert wird, so kann man dem Philologen nicht verdenken, wenn er sich auch ein Urteil bei Geschmackssachen zutraut, welches ihm jedoch nicht immer gelingen wird.

Alles, was unsern Geist befreit, ohne uns die Herrschaft über uns selbst zu geben, ist verderblich.

Mikroskope und Fernrohre verwirren eigentlich den reinen Menschensinn.

In der wissenschaftlichen Welt ... ist es auf Herrschen und Beherrschen angesehen, und weil sehr wenige Menschen eigentlich selbständig sind, so zieht die Menge den Einzelnen nach sich.

Die Geschichte der Philosophie, der Wissenschaften, der Religion, alles zeigt, daß die Meinungen massenweis sich verbreiten, immer aber diejenige den Vorrang gewinnt, welche faßlicher, das heißt, dem menschlichen Geiste in seinem gemeinen Zustande gemäß und bequem ist. Ja derjenige, der sich in höherem Sinne ausgebildet, kann immer voraussetzen, daß er die Majorität gegen sich habe.

Maximen und Reflexionen
Aus Wilhelm Meisters Wanderjahren

Ohne meine Bemühungen in den Naturwissenschaften hätte ich jedoch die Menschen nie kennen gelernt, wie sie sind. In allen anderen Dingen kann man dem reinen Anschauen und Denken, den Irrtümern der Sinne wie des Verstandes, den Charakterschwächen und -stärken nicht so nachkommen: es ist alles mehr oder weniger biegsam und schwankend und läßt alles mehr oder weniger mit sich handeln; aber die Natur versteht gar keinen Spaß, sie ist immer wahr, immer ernst, immer strenge; sie hat immer recht, und die Fehler und Irrtümer sind immer des Menschen. Den Unzulänglichen verschmäht sie, und nur dem Zulänglichen, Wahren und Reinen ergibt sie sich und offenbart ihm ihre Geheimnisse.

Eckermann, Gespräche, 13. 2. 1829

Erfahrung kann sich ins Unendliche erweitern, Theorie nicht in eben dem Sinne reinigen und vollkommener werden. Jener steht das Universum nach allen Richtungen offen, diese bleibt innerhalb der Grenze der menschlichen Fähigkeiten eingeschlossen. Deshalb müssen alle Vorstellungsarten wiederkehren, und der wunderliche Fall tritt ein, daß bei erweiterter Erfahrung eine bornierte Theorie wieder Gunst erwerben kann.

Es ist immer dieselbe Welt, die der Betrachtung offen steht, die immerfort angeschaut oder geahnet wird, und es sind immer dieselben Menschen, die im Wahren oder Falschen leben, im letzten bequemer als im ersten.

Wie wenig von dem Geschehenen ist geschrieben worden, wie wenig von dem Geschriebenen gerettet! Die Literatur ist von Haus aus fragmentarisch, sie enthält nur Denkmale des menschlichen Geistes, insofern sie in Schriften verfaßt und zuletzt übrig geblieben sind.

Der Mensch ist als wirklich in die Mitte einer wirklichen Welt gesetzt und mit solchen Organen begabt, daß er das Wirkliche und nebenbei das mögliche erkennen und hervorbringen kann. Alle gesunde Menschen haben die Überzeugung ihres Daseins und eines Daseienden um sie her. Indessen gibt es auch einen hohlen Fleck im Gehirn, das heißt eine Stelle, wo sich kein Gegenstand abspiegelt, wie denn auch im Auge selbst ein Fleckchen ist, das nicht sieht. Wird der Mensch auf diese Stelle besonders aufmerksam, vertieft er sich darin, so verfällt er in eine Geisteskrankheit, ahnet hier Dinge aus einer andern Welt, die aber eigentlich Undinge sind und weder Gestalt noch Begrenzung haben, sondern als leere Nachträumlichkeit ängstigen und den, der sich nicht losreißt, mehr als gespensterhaft verfolgen.

Maximen und Reflexionen
Aus Kunst und Altertum

VI

Kunst als Leben
Leben als Kunst

Wer Großes will, muß sich zusammenraffen ...

Gedichte aus dem Nachlaß
Zu Kunst und Bildern

Natur und Kunst sie scheinen sich zu fliehen,
Und haben sich, eh man es denkt, gefunden;
Der Widerwille ist auch mir verschwunden,
Und beide scheinen gleich mich anzuziehen.

Es gilt wohl nur ein redliches Bemühen!
Und wenn wir erst in abgemeßnen Stunden
Mit Geist und Fleiß uns an die Kunst gebunden,
Mag frei Natur im Herzen wieder glühen.

So ist's mit aller Bildung auch beschaffen:
Vergebens werden ungebundne Geister
Nach der Vollendung reiner Höhe streben.

Wer Großes will, muß sich zusammenraffen;
In der Beschränkung zeigt sich erst der Meister,
Und das Gesetz nur kann uns Freiheit geben.

Gedichte aus dem Nachlaß
Zu Kunst und Bildern

Bedenken und Ergebung

Wir können bei Betrachtung des Weltgebäudes in seiner weitesten Ausdehnung, in seiner letzten Teilbarkeit uns der Vorstellung nicht erwehren, daß dem Ganzen eine Idee zum Grunde liege, wornach Gott in der Natur, die Natur in Gott von Ewigkeit zu Ewigkeit schaffen und wirken möge. Anschauung, Betrachtung, Nachdenken führen uns näher an jene Geheimnisse. Wir erdreisten uns und wagen auch Ideen; wir bescheiden uns und bilden Begriffe, die analog jenen Uranfängen sein möchten.

Hier treffen wir nun auf die eigene Schwierigkeit, die nicht immer klar ins Bewußtsein tritt, daß zwischen Idee und Erfahrung eine gewisse Kluft befestigt scheint, die zu überschreiten unsere ganze Kraft sich vergeblich bemüht. Demungeachtet bleibt unser ewiges Bestreben, diesen Hiatus mit Vernunft, Verstand, Einbildungskraft, Glauben, Gefühl, Wahn und, wenn wir sonst nichts vermögen, mit Albernheit zu überwinden.

Endlich finden wir bei redlich fortgesetzten Bemühungen, daß der Philosoph wohl möchte Recht haben, welcher behauptet, daß keine Idee der Erfahrung völlig kongruiere, aber wohl zugibt, daß Idee und Erfahrung analog sein können, ja müssen.

Die Schwierigkeit, Idee und Erfahrung miteinander zu verbinden, erscheint sehr hinderlich bei aller Naturforschung: die Idee ist unabhängig von Raum und Zeit, die Naturforschung ist in Raum und Zeit beschränkt; daher ist in der Idee Simultanes und Sukzessives innigst verbunden, auf dem Standpunkt der Erfahrung hingegen immer getrennt, und eine Naturwirkung, die wir der Idee gemäß als simultan und sukzessiv zugleich denken sollen, scheint uns in eine Art Wahnsinn zu versetzen. Der Verstand kann nicht vereinigt denken, was die Sinnlichkeit ihm gesondert überlieferte, und so bleibt der Widerstreit zwischen Aufgefaßtem und Ideiertem immerfort unaufgelöst.

Deshalb wir uns denn billig zu einiger Befriedigung in die Sphäre der Dichtkunst flüchten und ein altes Liedchen mit einiger Abwechselung erneuern:

So schauet mit bescheidnem Blick
Der ewigen Weberin Meisterstück,
Wie ein Tritt tausend Fäden regt,
Die Schifflein hinüber herüber schießen,
Die Fäden sich begegnend fließen,
Ein Schlag tausend Verbindungen schlägt.
Das hat sie nicht zusammen gebettelt,
Sie hat's von Ewigkeit angezettelt;
Damit der ewige Meistermann
Getrost den Einschlag werfen kann.

Zur Wissenschaftslehre

Wie in dem Organismus der Natur, so tut sich auch in der Kunst innerhalb der genausten Schranke die Vollkommenheit der Lebensäußerung kund.
Wie dem aber auch sei, so mag einem jeden die Art und Weise Kunstwerke aufzunehmen völlig überlassen bleiben. Mir ward bei diesem Umgang das Gefühl, der Begriff, die Anschauung dessen, was man im höchsten Sinne die Gegenwart des klassischen Bodens nennen dürfte. Ich nenne dies die sinnlich geistige Überzeugung, daß hier das Große war, ist und sein wird. Daß das Größte und Herrlichste vergehe, liegt in der Natur der Zeit und der gegeneinander unbedingt wirkenden sittlichen und physischen Elemente. Wir konnten in allgemeinster Betrachtung nicht traurig an dem Zerstörten vorüber gehen, vielmehr hatten wir uns zu freuen, daß so viel erhalten, so viel wieder hergestellt war, prächtiger und übermäßiger, als es je gestanden . . .
Selbst das Schwanken des Kunstgeschmackes, das Bestreben zum einfachen Großen, das Wiederkehren zum vervielfachten Kleineren, alles deutete auf Leben und Bewegung; Kunst- und Menschengeschichte standen synchronistisch vor unseren Augen.
Es darf uns nicht niederschlagen, wenn sich uns die Bemerkung aufdringt, das Große sei vergänglich; vielmehr wenn wir finden, das Vergangene sei groß gewesen, muß es uns aufmuntern selbst etwas von Bedeutung zu leisten, daß fortan unsre Nachfolger, und wär' es auch schon in Trümmer zerfallen, zu edler Tätigkeit aufrege, woran es unsre Vorvordern niemals haben ermangeln lassen.

Italienische Reise, 3. Teil
Rom, Dezember 1787

Nicht die Sprache an und für sich ist richtig, tüchtig, zierlich, sondern der Geist ist es, der sich darin verkörpert; und so kommt es nicht auf einen jeden an, ob er seinen Rechnungen, Reden oder Gedichten die wünschenswerten Eigenschaften verleihen will; es ist die Frage, ob ihm die Natur hiezu die geistigen und sittlichen Eigenschaften verliehen hat. Die geistigen: das Vermögen der An- und Durchschauung; die sittlichen: daß er die bösen Dämonen ablehne, die ihn hindern könnten, dem Wahren die Ehre zu geben.

Aphorismen und Fragmente
Wissen und Wissenschaft

Im Reich der Natur waltet Bewegung und Tat, im Reiche der Freiheit Anlage und Willen. Bewegung ist ewig und tritt bei jeder günstigen Bedingung unwiderstehlich in die Erscheinung. Anlagen entwickeln sich zwar auch naturgemäß, müssen aber erst durch den Willen geübt und nach und nach gesteigert werden. Deswegen ist man des freiwilligen Willens so gewiß nicht als der selbständigen Tat; diese tut sich selbst, er aber wird getan; denn er muß, um vollkommen zu werden und zu wirken, sich im Sittlichen dem Gewissen, das nicht irrt, im Kunstreichen aber der Regel fügen, die nirgends ausgesprochen ist. Das Gewissen bedarf keines Ahnherrn, mit ihm ist alles gegeben; es hat nur mit der innern eigenen Welt zu tun. Das Genie bedürfte auch keiner Regel; wäre sich selbst genug, gäbe sich selbst die Regel; da es aber nach außen wirkt, so ist es vielfach bedingt, durch Stoff und Zeit, und an beiden muß es notwendig irre werden; deswegen es mit allem was eine Kunst ist, mit dem Regiment, wie mit Gedicht, Statue und Gemälde, durchaus so wunderlich und unsicher aussieht.

Aphorismen und Fragmente
Natur

Durch Worte sprechen wir weder die Gegenstände noch uns selbst völlig aus.
Durch die Sprache entsteht gleichsam eine neue Welt, die aus Notwendigem und Zufälligem besteht.
Verba valent sicut nummi. Aber es ist ein Unterschied unter dem Gelde. Es gibt goldne, silberne, kupferne Münzen und auch Papiergeld. In den erstern ist mehr oder weniger Realität, in dem letzten nur Konvention.
Im gemeinen Leben kommen wir mit der Sprache notdürftig fort, weil wir nur oberflächliche Verhältnisse bezeichnen. Sobald von tiefern Verhältnissen die Rede ist, tritt sogleich eine andre Sprache ein, die poetische.

Zur Wissenschaftslehre

Shakespeare gesellt sich zum Weltgeist; er durchdringt die Welt wie jener; beiden ist nichts verborgen; aber wenn des Weltgeists Geschäft ist, Geheimnisse vor, ja oft nach der Tat zu bewahren, so ist es der Sinn des Dichters, das Geheimnis zu verschwätzen und uns vor, oder doch gewiß in der Tat zu Vertrauten zu machen. Der lasterhafte Mächtige, der wohldenkende Beschränkte, der leidenschaftlich Hingerissene, der ruhig Betrachtende, alle tragen ihr Herz in der Hand, oft gegen alle Wahrscheinlichkeit; jedermann ist redsam und redselig. Genug, das Geheimnis muß heraus, und sollten es die Steine verkünden. Selbst das Unbelebte drängt sich hinzu, alles Untergeordnete spricht mit, die Elemente, Himmel-, Erd- und Meerphänomene, Donner und Blitz, wilde Tiere erheben ihre Stimme, oft scheinbar als Gleichnis, aber ein wie das andre Mal mithandelnd.
Aber auch die zivilisierte Welt muß ihre Schätze hergeben; Künste und Wissenschaften, Handwerke und Gewerbe, alles reicht seine Gaben dar. Shakespeares Dichtungen sind ein großer belebter Jahrmarkt; und

diesen Reichtum hat er seinem Vaterlande zu danken.

Überall ist England, das meerumflossene, von Nebel und Wolken umzogene, nach allen Weltgegenden tätige. Der Dichter lebt zur würdigen und wichtigen Zeit und stellt ihre Bildung, ja Verbildung mit großer Heiterkeit uns dar, ja er würde nicht so sehr auf uns wirken, wenn er sich nicht seiner lebendigen Zeit gleichgestellt hätte. Niemand hat das materielle Kostüm mehr verachtet als er; er kennt recht gut das innere Menschenkostüm, und hier gleichen sich alle. Man sagt, er habe die Römer fürtrefflich dargestellt; ich finde es nicht; es sind lauter eingefleischte Engländer, aber freilich Menschen sind es, Menschen von Grund aus, und denen paßt wohl auch die römische Toga. Hat man sich einmal hierauf eingerichtet, so findet man seine Anachronismen höchst lobenswürdig, und gerade daß er gegen das äußere Kostüm verstößt, das ist es, was seine Werke so lebendig macht.

Europäische Literatur
Skakespeare und kein Ende

Denn nur auf dem höchsten und genausten Begriff von Kunst kann eine Kunstgeschichte beruhen; nur wenn man das Vortrefflichste kennt, was der Mensch hervorzubringen imstande war, kann der psychologisch-chronologische Gang dargestellt werden, den man in der Kunst sowie in andern Fächern nahm, wo erst eine beschränkte Tätigkeit in einer trocknen, ja traurigen Nachahmung des Unbedeutenden sowie des Bedeutenden verweilte, sich darauf ein lieblicheres, gemütlicheres Gefühl gegen die Natur entwickelte, dann begleitet von Kenntnis, Regelmäßigkeit, Ernst und Strenge, unter günstigen Umständen, die Kunst bis zum Höchsten hinaufstieg, wo es denn zuletzt dem glücklichen Genie, das sich von allen diesen Hülfsmitteln umgeben fand, möglich ward, das Reizende, Vollendete hervorzubringen.

Leider aber erregen Kunstwerke, die mit solcher Leichtigkeit sich aussprechen, die dem Menschen ein bequemes Gefühl seiner selbst, die ihm Heiterkeit und Freiheit einflößen, bei dem nachstrebenden Künstler den Begriff, daß auch das Hervorbringen bequem sei. Da der Gipfel dessen was Kunst und Genie darstellen, eine leichte Erscheinung ist, so werden die Nachkommenden gereizt, sich's leicht zu machen, und auf den Schein zu arbeiten.
So verliert die Kunst sich nach und nach von ihrer Höhe herunter, im ganzen so wie im einzelnen. Wenn wir uns aber hievon einen anschaulichen Begriff bilden wollen, so müssen wir ins Einzelne des Einzelnen hinabsteigen, welches nicht immer eine angenehme und reizende Beschäftigung ist, wofür aber der sichere Blick über das Ganze nach und nach reichlich entschädigt.

Propyläen, Einleitung

Das Was des Kunstwerks interessiert die Menschen mehr als das Wie; jenes können sie einzeln ergreifen, dieses im ganzen nicht fassen. Daher kommt das Herausheben von Stellen, wobei zuletzt, wenn man wohl aufmerkt, die Wirkung der Totalität auch nicht ausbleibt, aber jedem unbewußt.

Maximen und Reflexionen
Aus Wilhelm Meisters Wanderjahren

Die Kunst ist nichts anders als das Licht der Natur.

Ephemerides

Das höchste organisierte Wesen ist der Mensch, und man erlaube uns, die wir für Künstler schreiben, anzunehmen, daß es unter den Menschenrassen innerlich und äußerlich vollkommner organisierte gebe, deren Haut, als die Oberfläche der vollkommnen Organisation, die schönste Farbenharmonie zeigt, über die unsere Begriffe nicht hinausgehen. Das Gefühl dieser Farbe des gesunden Fleisches, ein tätiges Anschauen derselben, wodurch der Künstler sich zum Hervorbringen von etwas Ähnlichem geschickt zu machen strebt, erfordert so mannigfaltige und zarte Operationen des Auges sowohl als des Geistes und der Hand, ein frisches jugendliches Naturgefühl und ein gereiftes Geistesvermögen, daß alles andere dagegen nur Scherz und Spielwerk, wenigstens alles andere in dieser höchsten Fähigkeit begriffen zu sein scheint. Ebenso ist es mit der Form. Wer sich zu der Idee von der bedeutenden und schönen menschlichen Form emporgehoben hat, wird alles übrige bedeutend und schön hervorbringen.

Diderots Versuch über die Malerei
Über die Farbe

... denn das letzte Produkt der sich immer steigernden Natur ist der schöne Mensch. Zwar kann sie ihn nur selten hervorbringen, weil ihren Ideen gar viele Bedingungen widerstreben, und selbst ihrer Allmacht ist es unmöglich, lange im Vollkommnen zu verweilen und dem hervorgebrachten Schönen eine Dauer zu geben. Denn genau genommen kann man sagen, es sei nur ein Augenblick, in welchem der schöne Mensch schön sei.
Dagegen tritt nun die Kunst ein, denn indem der Mensch auf den Gipfel der Natur gestellt ist, so sieht er sich wieder als eine ganze Natur an, die in sich abermals einen Gipfel hervorzubringen hat. Dazu steigert er sich, indem er sich mit allen Vollkommenheiten und Tugenden durchdringt, Wahl, Ordnung, Harmonie und Bedeutung aufruft, und sich endlich bis zur Produktion des Kunstwerkes erhebt, das neben seinen übrigen Taten und Werken einen glänzenden Platz einnimmt. Ist es einmal hervorgebracht, steht es in seiner idealen Wirklich-

keit vor der Welt, so bringt es eine dauernde Wirkung, es bringt die höchste hervor: denn indem es aus den gesamten Kräften sich geistig entwickelt, so nimmt es alles Herrliche, Verehrungs- und Liebenswürdige in sich auf, und erhebt, indem es die menschliche Gestalt beseelt, den Menschen über sich selbst, schließt seinen Lebens- und Tatenkreis ab, und vergöttert ihn für die Gegenwart, in der das Vergangene und Künftige begriffen ist. Von solchen Gefühlen wurden die ergriffen, die den olympischen Jupiter erblickten, wie wir aus den Beschreibungen, Nachrichten und Zeugnissen der Alten uns entwickeln können. Der Gott war zum Menschen geworden, um den Menschen zum Gott zu erheben. Man erblickte die höchste Würde, und ward für die höchste Schönheit begeistert. In diesem Sinne kann man wohl jenen Alten recht geben, welche mit völliger Überzeugung aussprachen: es sei ein Unglück zu sterben, ohne dieses Werk gesehen zu haben.

Winckelmann und sein Jahrhundert
Schönheit

Der Sinn und das Bestreben der Griechen ist, den Menschen zu vergöttern, nicht die Gottheit zu vermenschen. Hier ist ein Theomorphism, kein Anthropomorphism! Ferner soll nicht das Tierische am Menschen geadelt werden, sondern das Menschliche des Tiers werde hervorgehoben, damit wir uns in höherm Kunstsinne daran ergötzen, wie wir es ja schon, nach einem unwiderstehlichen Naturtrieb, an lebenden Tiergeschöpfen tun, die wir uns so gern zu Gesellen und Dienern erwählen.

Myrons Kuh

Unser physisches sowohl als geselliges Leben, Sitten, Gewohnheiten, Weltklugheit, Philosophie, Religion, ja so manches zufällige Ereignis, alles ruft uns zu: daß wir

entsagen sollen. So manches was uns innerlich eigenst angehört, sollen wir nicht nach außen hervorbilden; was wir von außen zu Ergänzung unsres Wesens bedürfen, wird uns entzogen, dagegen aber so vieles aufgedrungen, das uns so fremd als lästig ist. Man beraubt uns des mühsam Erworbenen, des freundlich Gestatteten, und ehe wir hierüber recht ins klare sind, finden wir uns genötigt, unsere Persönlichkeit erst stückweis und dann völlig aufzugeben. Dabei ist es aber hergebracht, daß man denjenigen nicht achtet, der sich deshalb ungebärdig stellt; vielmehr soll man, je bittrer der Kelch ist, eine desto süßere Miene machen, damit ja der gelassene Zuschauer nicht durch irgendeine Grimasse beleidigt werde.
Diese schwere Aufgabe jedoch zu lösen, hat die Natur den Menschen mit reichlicher Kraft, Tätigkeit und Zähigkeit ausgestattet. Besonders aber kommt ihm der Leichtsinn zu Hülfe, der ihm unzerstörlich verliehen ist. Hiedurch wird er fähig, dem einzelnen in jedem Augenblick zu entsagen, wenn er nur im nächsten Moment nach etwas Neuem greifen darf; und so stellen wir uns unbewußt unser ganzes Leben immer wieder her. Wir setzen eine Leidenschaft an die Stelle der andern; Beschäftigungen, Neigungen, Liebhabereien, Steckenpferde, alles probieren wir durch, um zuletzt auszurufen, daß alles eitel sei. Niemand entsetzt sich vor diesem falschen, ja gotteslästerlichen Spruch; ja man glaubt etwas Weises und Unwiderlegliches gesagt zu haben. Nur wenige Menschen gibt es, die solche unerträgliche Empfindung vorausahnen, und, um allen partiellen Resignationen auszuweichen, sich ein für allemal im ganzen resignieren.

Diese überzeugen sich von dem Ewigen, Notwendigen, Gesetzlichen, und suchen sich solche Begriffe zu bilden, welche unverwüstlich sind, ja durch die Betrachtung des Vergänglichen nicht aufgehoben, sondern vielmehr bestätigt werden. Weil aber hierin wirklich etwas Übermenschliches liegt, so werden solche Personen gewöhnlich für Unmenschen gehalten, für gott- und weltlose; ja man weiß nicht, was man ihnen alles für Hörner und Klauen andichten soll.

Dichtung und Wahrheit, 4. Teil, 16. Buch

Jedes Talent, das sich auf eine entschiedene Naturanlage gründet, scheint uns etwas Magisches zu haben, weil wir weder es selbst, noch seine Wirkungen einem Begriffe unterordnen können.

Dichtung und Wahrheit, 4. Teil, 19. Buch

Was uns aber zu strengen Forderungen, zu entschiedenen Gesetzen am meisten berechtigt, ist: daß gerade das Genie, das angeborne Talent sie am ersten begreift, ihnen den willigsten Gehorsam leistet. Nur das Halbvermögen wünschte gern seine beschränkte Besonderheit an die Stelle des unbedingten Ganzen zu setzen, und seine falschen Griffe, unter Vorwand einer unbezwinglichen Originalität und Selbständigkeit, zu beschönigen. Das lassen wir aber nicht gelten, sondern hüten unsere Schüler vor allen Mißtritten, wodurch ein großer Teil des Lebens, ja manchmal das ganze Leben verwirrt und zerpflückt wird.
Mit dem Genie haben wir am liebsten zu tun, denn dieses wird eben von dem guten Geiste beseelt, bald zu erkennen was ihm nutz ist. Es begreift, daß Kunst eben darum Kunst heiße, weil sie nicht Natur ist. Es bequemt sich zum Respekt, sogar vor dem was man konventionell nennen könnte: denn was ist dieses anders, als daß die vorzüglichsten Menschen übereinkamen, das Notwendige, das Unerläßliche für das Beste zu halten; und gereicht es nicht überall zum Glück?

Wilhelm Meisters Wanderjahre
2. Buch, 8. Kapitel

Die Kunst hat einen idealischen Ursprung, man kann sagen, sie sei aus und mit Religion entsprungen. In den ältesten Zeiten diente die Kunst jederzeit der Religion, indem sie gewisse strenge, trübe, seltsame und gewaltsame Vorstellungen ausbildete. Deswegen fing die bildende Kunst nirgends vom Natürlichen an, sondern überall mit einer Art von barbarischem Sinn und Geschmack. So bei den Ägyptern, die sich auch aus der Knechtschaft dieses dunkeln Zustandes nie befreieten; bei den Griechen, die sich nach und nach daraus loswanden; bei den neueren Italiänern, welche mit den Griechen in ähnlichem Falle, aber nicht so weit wie dieselben gekommen waren.

Neue Unterhaltungen über verschiedene
Gegenstände der Kunst

Die Kunst überhaupt, besonders aber die der Alten, läßt sich ohne Enthusiasmus weder fassen noch begreifen. Wer nicht mit Erstaunen und Bewunderung anfangen will, der findet nicht den Zugang in das innere Heiligtum.

Zu brüderlichem Andenken Wielands

Der Künstler will zur Welt durch ein Ganzes sprechen; dieses Ganze aber findet er nicht in der Natur, sondern es ist die Frucht seines eigenen Geistes oder, wenn Sie wollen, des Anwehens eines befruchtenden göttlichen Odems.

Eckermann, Gespräche, 18. 4. 1827

Wodurch unterscheidet sich denn also der Künstler, der auf dem rechten Wege geht, von demjenigen, der den falschen eingeschlagen hat? Dadurch, daß er einer Methode bedächtig folgt, anstatt daß jener leichtsinnig einer Manier nachhängt.

Der Künstler, der immer anschaut, empfindet, denkt, wird die Gegenstände in ihrer höchsten Würde, in ihrer lebhaftesten Wirkung, in ihren reinsten Verhältnissen erblicken, bei der Nachahmung wird ihm eine selbstgedachte, eine überlieferte selbstdurchdachte Methode die Arbeit erleichtern, und wenngleich bei Ausübung dieser Methode seine Individualität mit ins Spiel kommt, so wird er doch durch dieselbe, sowie durch die reinste Anwendung seiner höchsten Sinnes- und Geisteskräfte immer wieder ins Allgemeine gehoben, und kann so bis an die Grenzen der möglichen Produktion geführt werden. Auf diesem Wege erhuben sich die Griechen bis zu der Höhe, auf der wir besonders ihre plastische Kunst kennen, und warum haben ihre Werke aus den verschiednen Zeiten und von verschiednem Werte einen gewissen gemeinsamen Eindruck? Doch wohl nur daher, weil sie der Einen wahren Methode im Vorschreiten folgten, welche sie selbst beim Rückschritt nicht ganz verlassen konnten.

Das Resultat einer echten Methode nennt man Stil, im Gegensatz der Manier. Der Stil erhebt das Individuum zum höchsten Punkt, den die Gattung zu erreichen fähig ist, deswegen nähern sich alle große Künstler einander in ihren besten Werken. So hat Raffael wie Tizian koloriert, da wo ihm die Arbeit am glücklichsten geriet. Die Manier hingegen individualisiert, wenn man so sagen darf, noch das Individuum. Der Mensch, der seinen Trieben und Neigungen unaufhaltsam nachhängt, entfernt sich immer mehr von der Einheit des Ganzen, ja sogar von denen die ihm allenfalls noch ähnlich sein könnten, er macht keine Ansprüche an die Menschheit und so trennt er sich selbst von den Menschen. Dieses gilt so gut vom Sittlichen als vom Künstlichen, denn da alle Handlungen des Menschen aus Einer Quelle kommen, so gleichen sie sich auch in allen ihren Ableitungen . . .

Der Mensch verlange nicht Gott gleich zu sein, aber er strebe sich als Mensch zu vollenden. Der Künstler strebe nicht ein Naturwerk, aber ein vollendetes Kunstwerk hervorzubringen.

Diderots Versuch über die Malerei
Über die Farbe

Wie dem aber auch sei, so mag einem jeden die Art und Weise Kunstwerke aufzunehmen völlig überlassen bleiben. Mir ward bei diesem Umgang das Gefühl, der Begriff, die Anschauung dessen, was man im höchsten Sinne die Gegenwart des klassischen Bodens nennen dürfte. Ich nenne dies die sinnlich geistige Überzeugung, daß hier das Große war, ist und sein wird. Daß das Größte und Herrlichste vergehe, liegt in der Natur der Zeit und der gegeneinander unbedingt wirkenden sittlichen und physischen Elemente. Wir konnten in allgemeinster Betrachtung nicht traurig an dem Zerstörten vorüber gehen, vielmehr hatten wir uns zu freuen, daß so viel erhalten, so viel wieder hergestellt war, prächtiger und übermäßiger, als es je gestanden.

Italienische Reise, 3. Teil
Bericht Dezember 1787

Kunst: eine andere Natur, auch geheimnisvoll, aber verständlicher; denn sie entspringt aus dem Verstande.

Maximen und Reflexionen
Nachlaß: Kunst – Kunstgeschichte

Die Künste sind das Salz der Erde; wie dieses zu den Speisen, so verhalten sich jene zu der Technik. Wir nehmen von der Kunst nicht mehr auf als nur daß das Handwerk nicht abgeschmackt werde.

Wilhelm Meisters Wanderjahre
2. Buch, 7. Kapitel

Die Kunst ist ein ernsthaftes Geschäft, am ernsthaftesten, wenn sie sich mit edlen heiligen Gegenständen beschäftigt; der Künstler aber steht über der Kunst und dem Gegenstande: über jener, da er sie zu seinen Zwecken braucht, über diesem, weil er ihn nach eigner Weise behandelt.

Maximen und Reflexionen
Aus Kunst und Altertum

Ich bin überzeugt, daß eine Weltliteratur sich bilde, daß alle Nationen dazu geneigt sind und deshalb freundliche Schritte tun. Der Deutsche kann und soll hier am meisten wirken, er wird eine schöne Rolle bei diesem großen Zusammentreten zu spielen haben.

An Adolph Friedrich Carl Streckfuß
23. 1. 1827

Denn der innere Gehalt des bearbeiteten Gegenstandes ist der Anfang und das Ende der Kunst.

Dichtung und Wahrheit, 2. Teil, 7. Buch

Man weicht der Welt nicht sicherer aus als durch die Kunst, und man verknüpft sich nicht sicherer mit ihr als durch die Kunst.

Selbst im Augenblick des höchsten Glücks und der höchsten Not bedürfen wir des Künstlers.

Die Kunst beschäftigt sich mit dem Schweren und Guten.

Maximen und Reflexionen
Aus den Wahlverwandtschaften

In den Darstellungen der Kunst ist das Allgemeine, das Charakteristische, das Ideale das erste, was erscheint, und das Individuelle füllt es gleichsam nur aus.

Gespräch mit Friedrich Wilhelm Riemer
5. 3. 1809

Künstlers Abendlied

Ach, daß die innre Schöpfungskraft
Durch meinen Sinn erschölle!
Daß eine Bildung voller Saft
Aus meinen Fingern quölle!

Ich zittre nur, ich stottre nur,
Und kann es doch nicht lassen;
Ich fühl, ich kenne dich, Natur,
Und so muß ich dich fassen.

Bedenk ich dann, wie manches Jahr
Sich schon mein Sinn erschließet,
Wie er, wo dürre Heide war,
Nun Freudenquell genießet;

Wie sehn ich mich, Natur, nach dir,
Dich treu und lieb zu fühlen!
Ein lustger Springbrunn wirst du mir
Aus tausend Röhren spielen.

Wirst alle meine Kräfte mir
In meinem Sinn erheitern
Und dieses enge Dasein hier
Zur Ewigkeit erweitern.

Kunst

Die Kunst ist eine Vermittlerin des Unaussprechlichen; darum scheint es eine Torheit, sie wieder durch Worte vermitteln zu wollen. Doch indem wir uns darin bemühen, findet sich für den Verstand so mancher Gewinn, der dem ausübenden Vermögen auch wieder zu Gute kommt.

Maximen und Reflexionen
Aus Kunst und Altertum

Indem der Künstler irgendeinen Gegenstand der Natur ergreift, so gehört dieser schon nicht mehr der Natur an, ja man kann sagen, daß der Künstler ihn in diesem Augenblicke erschaffe, indem er ihm das Bedeutende, Charakteristische, Interessante abgewinnt, oder vielmehr erst den höhern Wert hineinlegt.

Propyläen, Einleitung

Wenn die Künste aus einem einfachen Naturzustande oder aus einer barbarischen Verderbnis nach und nach sich erheben, so bemerkt man, daß sie stufenweise einen gewissen Einklang zu erhalten bemüht sind; deswegen denn auch die Produkte solcher Übergangszeiten, im ganzen betrachtet, obgleich unvollkommen, uns doch eine gewisse Zustimmung abgewinnen.
Ganz unerläßlich aber ist die Einheit auf dem Gipfel der Kunst; denn wenn der Baumeister zu dem Gefühl gelangt, daß seine Werke sich in edlen, einfachen, faßlichen Formen bewähren sollen, so wird er sich nach Bildhauern umsehen, die gleichmäßig arbeiten. An solchen Verein wird der Maler sich anschließen, und durch sie wird Steinhauer, Erzgießer, Schnitzwerker, Tischler, Töpfer, Schlosser und wer nicht alles geleitet, ein Gebäude fördern zu helfen, das zuletzt Sticker und Wirker als behagliche Wohnung zu vollenden gesellig bemüht sind.

Vorbilder für Fabrikanten und Handwerker

Wir fühlen uns von den Forderungen, die man an ein Kunstwerk zu machen hat, durchdrungen, und es dünkt uns, daß sie in ziemlicher Klarheit und Ordnung vor unserm Geiste stehen; allein wir sind weit entfernt, eine Arbeit, sie sei nun vor Zeiten entstanden, oder sie entstehe in unsern Tagen, unmittelbar an jenen idealen Maßstab zu halten, jene Forderungen unbedingt an ein Werk zu machen, das unter so mancherlei Bedingungen entstanden ist, vielmehr suchen wir uns durchaus auf dem historischen Standpunkt zu befestigen. Wir bedenken die Zeit, in welcher der Künstler gelebt hat, oder lebt, die Umstände in denen er sich befand, die Periode seines Lebens, in welcher das Werk verfertigt ward; und so lernen wir das, was er geleistet, mit Billigkeit schätzen. Mag doch der Liebhaber, der Käufer gewissen gefälligen Eindrücken sein Herz oder seinen Beutel öffnen, mag doch der Künstler dasjenige nur schätzen, wonach er selber strebt, dasjenige verachten, was er hinter sich glaubt; uns hingegen ziemt es, strenger gegen uns selbst zu sein, als gegen die Arbeiten, um zu einem reinen leidenschaftslosen Urteil immer mehr zu gelangen.

Weimarische Kunstausstellung vom Jahre 1801
und Preisaufgaben vom Jahre 1802

Die Klarheit der Ansicht, die Heiterkeit der Aufnahme, die Leichtigkeit der Mitteilung, das ist es was uns entzückt, und wenn wir nun behaupten, dieses alles finden wir in den echt griechischen Werken, und zwar geleistet am edelsten Stoff, am würdigsten Gehalt, mit sicherer und vollendeter Ausführung, so wird man uns verstehen, wenn wir immer von dort ausgehen, und immer dort hinweisen. Jeder sei auf seine Art ein Grieche! Aber er sei's.

Antik und modern

Phantasie ist der Natur viel näher als die Sinnlichkeit, diese ist in der Natur, jene schwebt über ihr. Phantasie ist der Natur gewachsen, Sinnlichkeit wird von ihr beherrscht.

Aphorismen und Fragmente
Urphänomen, Poetische Metamorphosen

Der Mensch ist nicht bloß ein denkendes, er ist zugleich ein empfindendes Wesen. Er ist ein Ganzes, eine Einheit vielfacher, innig verbundner Kräfte und zu diesem Ganzen des Menschen muß das Kunstwerk reden, es muß dieser reichen Einheit, dieser einigen Mannigfaltigkeit in ihm entsprechen.

Der Sammler und die Seinigen

Eine Materie erhält durch die Arbeit eines echten Künstlers einen innerlichen, ewig bleibenden Wert, anstatt daß die Form, welche durch einen mechanischen Arbeiter selbst dem kostbarsten Metall gegeben wird, immer in sich bei der besten Arbeit etwas Unbedeutendes und Gleichgültiges hat, das nur so lang erfreuen kann als es neu ist, und hierinnen scheint mir der eigentliche Unterschied des Luxus und des Genusses eines großen Reichtums zu bestehen. Der Luxus bestehet nach meinem Begriff nicht darinnen, daß ein Reicher viele kostbare Dinge besitze, sondern daß er Dinge von der Art besitze, deren Gestalt er erst verändern muß, um sich ein augenblickliches Vergnügen und vor andern einiges Ansehen zu verschaffen. Der wahre Reichtum bestünde also in dem Besitz solcher Güter, welche man zeitlebens behalten, welche man zeitlebens genießen, und an deren Genuß man sich bei immer vermehrten Kenntnissen immer mehr erfreuen könnte. Und wie Homer von einem gewissen Gürtel sagt: er sei so vortrefflich gewesen, daß der Künstler, der ihn gefertiget, zeitlebens habe feiern

dürfen, ebenso könnte man von dem Besitzer des Gürtels sagen: daß er sich dessen zeitlebens habe erfreuen dürfen. Auf diese Weise ist die Villa Borghese ein reicher, herrlicher, würdiger Palast, mehr als die ungeheure Wohnung eines Königes, in welcher wenig oder nichts sich befindet, das nicht durch den Handwerker oder Fabrikanten hervorgebracht werden könnte.
Der Prinz Borghese besitzt was niemand neben ihm besitzen, was niemand für irgendeinen Preis sich verschaffen kann, er und die Seinigen durch alle Generationen, werden dieselbigen Besitztümer immer mehr schätzen und genießen, je reiner ihr Sinn, je empfänglicher ihr Gefühl, je richtiger ihr Geschmack ist, und viele Tausende von guten, unterrichteten und aufgeklärten Menschen aller Nationen werden durch Jahrhunderte eben dieselben Gegenstände mit ihnen bewundern und genießen.
Dagegen hat alles was der bloß mechanische Künstler hervorbringt, weder für ihn noch für einen andern jemals ein solches Interesse. Denn sein tausendstes Werk ist wie das erste und es existieret am Ende auch tausendmal. Nun kommt noch dazu, daß man in den neueren Zeiten das Maschinen- und Fabrikwesen zu dem höchsten Grad hinaufgetrieben hat und mit schönen, zierlichen, gefälligen vergänglichen Dingen durch den Handel die ganze Welt überschwemmt.
Man sieht aus diesem, daß das einzige Gegenmittel gegen den Luxus, wenn er balanciert werden könnte und sollte, die wahre Kunst und das wahr erregte Kunstgefühl sei, daß dagegen der hochgetriebene Mechanismus, das verfeinerte Handwerk und Fabrikenwesen der Kunst ihren völligen Untergang bereite.

Kunst und Handwerk

Der wahre Künstler steht fest und sicher auf sich selbst; sein Streben, sein Ziel ist der höchste Zweck der Kunst; er wird sich immer noch weit von diesem Ziele finden und daher gegen die Kunst oder den Kunstbegriff notwendig allemal sehr bescheiden sein und gestehen, daß er noch wenig geleistet habe, wie vortrefflich auch sein Werk sein mag und wie hoch auch sein Selbstgefühl im Verhältnis gegen die Welt steigen möchte. Dilettanten oder eigentliche Pfuscher scheinen im Gegenteil nicht nach einem Ziele zu streben, nicht vor sich hin zu sehen, sondern nur das was neben ihnen geschieht; darum vergleichen sie auch immer, sind meistens im Lob übertrieben, tadeln ungeschickt, haben eine unendliche Ehrerbietung vor ihresgleichen. Geben sich dadurch ein Ansehen von Freundlichkeit, von Billigkeit, indem sie doch bloß sich selbst erheben.

Über den Dilettantismus

Wir können einen jeden Gegenstand der Erfahrung als einen Stoff ansehen, dessen sich die Kunst bemächtigen kann, und da es bei derselben hauptsächlich auf die Behandlung ankommt, so können wir die Stoffe beinahe als gleichgültig ansehen; nun ist aber bei näherer Betrachtung nicht zu leugnen, daß die einen sich der Behandlung bequemer darbieten als die andern, und daß, wenn gewisse Gegenstände durch die Kunst leicht zu überwinden sind, andere dagegen unüberwindlich scheinen. Ob es für das Genie einen wirklich unüberwindlichen Stoff gebe, kann man nicht entscheiden; aber die Erfahrung lehrt uns, daß in solchen Fällen die größten Meister wohl angenehme und lobenswürdige Bilder gemacht, die aber keineswegs in dem Sinne vollkommen sind, als die, bei welchen der Stoff sie begünstigte. Denn es muß sich die Kunst ja fast schon erschöpfen, um einem ungünstigen Gegenstande dasjenige zu geben, was ein günstiger schon mit sich bringt. Bei den echten Meistern wird man immer bemerken, daß sie da, wo sie völlig freie Hand hatten, jederzeit günstige Gegenstände wählten und sie mit glücklichem Geiste ausführten.

Reise in die Schweiz 1797, Zürich

Aber das ist ja eben das Künstlergenie, das ist das Künstlertalent, daß es anzuschauen, festzuhalten, zu verallgemeinen, zu symbolisieren, zu charakterisieren weiß, und zwar in jedem Teile der Kunst, in Form sowohl als Farbe. Dadurch ist es eben ein Künstlertalent, daß es eine Methode besitzt, nach welcher es die Gegenstände behandelt, eine sowohl geistige als praktisch mechanische Methode, wodurch es den beweglichsten Gegenstand festzuhalten, zu determinieren und ihm eine Einheit und Wahrheit der künstlichen Existenz zu geben weiß.

Diderots Versuch über die Malerei
Über die Farbe

Die Kunst übernimmt nicht mit der Natur, in ihrer Breite und Tiefe, zu wetteifern, sie hält sich an die Oberfläche der natürlichen Erscheinungen; aber sie hat ihre eigne Tiefe, ihre eigne Gewalt; sie fixiert die höchsten Momente dieser oberflächlichen Erscheinungen, indem sie das Gesetzliche darin anerkennt, die Vollkommenheit der zweckmäßigen Proportion, den Gipfel der Schönheit, die Würde der Bedeutung, die Höhe der Leidenschaft.
Die Natur scheint um ihrer selbst willen zu wirken, der Künstler wirkt als Mensch, um des Menschen willen. Aus dem, was uns die Natur darbietet, lesen wir uns im Leben das Wünschenswerte, das Genießbare nur kümmerlich aus; was der Künstler dem Menschen entgegenbringt, soll alles den Sinnen faßlich und angenehm, alles aufreizend und anlockend, alles genießbar und befriedigend, alles für den Geist nährend, bildend und erhebend sein: und so gibt der Künstler, dankbar gegen die Natur, die auch ihn hervorbrachte, ihr eine zweite Natur, aber eine gefühlte, eine gedachte, eine menschlich vollendete zurück.
Soll dieses aber geschehen, so muß das Genie, der berufne Künstler nach Gesetzen, nach Regeln handeln, die ihm die Natur selbst vorschrieb, die ihr nicht widerspre-

chen, die sein größter Reichtum sind, weil er dadurch sowohl den großen Reichtum der Natur als den Reichtum seines Gemüts beherrschen und brauchen lernt.

Diderots Versuch über die Malerei
Über die Zeichnung

Der Künstler hat zur Natur ein zwiefaches Verhältnis: er ist ihr Herr und ihr Sklave zugleich. – Er ist ihr Sklave, insofern er mit irdischen Mitteln wirken muß, um verstanden zu werden; ihr Herr aber, insofern er diese irdischen Mittel seinen höheren Intentionen unterwirft und ihnen dienstbar macht.

Eckermann, Gespräche, 18. 4. 1827

Seinen Gegenstand gehörig beherrschen und sich vom Leibe zu halten und sich nur auf das durchaus Notwendige zu konzentrieren, erfordert freilich die Kräfte eines poetischen Riesen und ist schwerer, als man denkt.

Eckermann, Gespräche, 17. 3. 1830

Dem Dichter den Weg vorschreiben zu wollen, den er hätte gehen müssen, . . . ist ein großer Fehler; denn damit erreicht man nicht, ihn zu bessern. Es gibt überhaupt nichts Dümmeres, als einem Dichter zu sagen: Dies hättest du müssen so machen und dieses so! Ich spreche als alter Kenner. Man wird aus einem Dichter nie etwas anderes machen, als was die Natur in ihn gelegt hat. Wollt ihr ihn zwingen, ein anderer zu sein, so werdet ihr ihn vernichten.

Eckermann, Gespräche, 14. 2. 1830

Die Gegenwart will ihre Rechte; was sich täglich im Dichter von Gedanken und Empfindungen aufdrängt, das will und soll ausgesprochen sein. Hat man aber ein größeres Werk im Kopfe, so kann nichts daneben aufkommen, so werden alle Gedanken zurückgewiesen, und man ist für die Behaglichkeit des Lebens selbst so lange verloren. Welche Anstrengung und Verwendung von Geisteskraft gehört nicht dazu, um nur ein großes Ganzes in sich zu ordnen und abzurunden, und welche Kräfte und welche ruhige ungestörte Lage im Leben, um es dann in einem Fluß gehörig auszusprechen. Hat man sich nun im Ganzen vergriffen, so ist alle Mühe verloren; ist man ferner, bei einem so umfangreichen Gegenstande, in einzelnen Teilen nicht völlig Herr seines Stoffes, so wird das Ganze stellenweise mangelhaft werden und man wird gescholten; und aus allem entspringt für den Dichter, statt Belohnung und Freude für so viele Mühe und Aufopferung, nichts als Unbehagen und Lähmung der Kräfte. Faßt dagegen der Dichter täglich die Gegenwart auf und behandelt er immer gleich in frischer Stimmung, was sich ihm darbietet, so macht er sicher immer etwas Gutes, und gelingt ihm auch einmal etwas nicht, so ist nichts daran verloren.

Eckermann, Gespräche, 18. 9. 1823

Die wahre Poesie kündet sich dadurch an, daß sie, als ein weltliches Evangelium, durch innere Heiterkeit, durch äußeres Behagen, uns von den irdischen Lasten zu befreien weiß, die auf uns drücken. Wie ein Luftballon hebt sie uns mit dem Ballast der uns anhängt, in höhere Regionen, und läßt die verwirrten Irrgänge der Erde in Vogelperspektive vor uns entwickelt daliegen. Die muntersten wie die ernstesten Werke haben den gleichen Zweck, durch eine glückliche geistreiche Darstellung so Lust als Schmerz zu mäßigen.

Dichtung und Wahrheit, 3. Teil, 13. Buch

Die Religion steht in demselbigen Verhältnis zur Kunst wie jedes andere höhere Lebensinteresse auch. Sie ist bloß als Stoff zu betrachten, der mit allen übrigen Lebensstoffen gleiche Rechte hat. Auch sind Glaube und Unglaube durchaus nicht diejenigen Organe, mit welchen ein Kunstwerk aufzufassen ist, vielmehr gehören dazu ganz andere menschliche Kräfte und Fähigkeiten. Die Kunst aber soll für diejenigen Organe bilden, mit denen wir sie auffassen; tut sie das nicht, so verfehlt sie ihren Zweck und geht ohne die eigentliche Wirkung an uns vorüber. Ein religiöser Stoff kann indes gleichfalls ein guter Gegenstand für die Kunst sein, jedoch nur in dem Fall, wenn er allgemein menschlich ist. Deshalb ist eine Jungfrau mit dem Kinde ein durchaus guter Gegenstand, der hundertmal behandelt worden und immer gern wieder gesehen wird.

Eckermann, Gespräche, 2. 5. 1824

Das Kunstwerk soll aus dem Genie entspringen, der Künstler soll Gehalt und Form aus der Tiefe seines eigenen Wesens hervorrufen, sich gegen den Stoff beherrschend verhalten und sich der äußern Einflüsse nur zu seiner Ausbildung bedienen.

Farbenlehre, Didaktischer Teil

Alle Kunst gefällt nur, wenn sie den Charakter der Leichtigkeit hat. Sie muß wie improvisiert erscheinen.

Gespräch mit Friedrich Wilhelm Riemer
(1803–1814)

Nach seinen besten Produkten muß man einen Dichter beurteilen, nicht nach seinen schlechtesten.

Gespräch mit Karl Wilhelm Göttling
3. 3. 1832

Und so ist der Dichter zugleich Lehrer, Wahrsager, Freund der Götter und der Menschen. Wie! willst du, daß er zu einem kümmerlichen Gewerbe herunter steige? Er, der wie ein Vogel gebaut ist, um die Welt zu überschweben, auf hohen Gipfeln zu nisten, und seine Nahrung von Knospen und Früchten, einen Zweig mit dem andern leicht verwechselnd, zu nehmen, er sollte zugleich wie der Stier am Pfluge ziehen, wie der Hund sich auf eine Fährte gewöhnen, oder vielleicht gar an die Kette geschlossen einen Meierhof durch sein Bellen sichern?

Wilhelm Meisters Lehrjahre
2. Buch, 2. Kapitel

Jede Kunst verlangt den ganzen Menschen, der höchstmögliche Grad derselben die ganze Menschheit.

Propyläen, Einleitung

Jeder große Künstler reißt uns weg, steckt uns an. Alles, was in uns von eben der Fähigkeit ist, wird rege, und da wir eine Vorstellung vom Großen und einige Anlage dazu haben, so bilden wir uns gar leicht ein, der Keim davon stecke in uns.

Maximen und Reflexionen
Nachlaß: Kunst – Kunstgeschichte

Was der Künstler nicht geliebt hat, nicht liebt, soll er nicht schildern, kann er nicht schildern.

Aus Goethes Brieftasche
Nach Falconet und über Falconet

Immer mehr werden wir in den Stand gesetzt einzusehen, was Volks- und Nationalpoesie heißen könne: denn eigentlich gibt es nur eine Dichtung, die echte, sie gehört weder dem Volke noch dem Adel, weder dem König noch dem Bauer; wer sich als wahrer Mensch fühlt, wird sie ausüben; sie tritt unter einem einfachen, ja rohen Volke unwiderstehlich hervor, ist aber auch gebildeten, ja hochgebildeten Nationen nicht versagt. Unsere wichtigste Bemühung bleibt es daher, zur allgemeinsten Übersicht zu gelangen, um das poetische Talent in allen Äußerungen anzuerkennen und es als integranten Teil durch die Geschichte der Menschheit sich durchschlingend zu bemerken.

Volksdichtung, Kurze Anzeigen

Es kommt mir, bei stiller Betrachtung, sehr oft wundersam vor, daß man die Volkslieder so sehr anstaunt und sie so hoch erhebt. Es gibt nur eine Poesie, die echte, wahre; alles andere ist nur Annäherung und Schein. Das poetische Talent ist dem Bauer so gut gegeben als dem Ritter, es kommt nur darauf an, ob jeder seinen Zustand ergreift und ihn nach Würden behandelt, und da haben denn die einfachsten Verhältnisse die größten Vorteile; daher denn auch die höhern gebildeten Stände meistens wieder, insofern sie sich zur Dichtung wenden, die Natur in ihrer Einfalt aufsuchen. Gibt man doch zu, daß ein König das Hohelied gedichtet hat.

Volksdichtung, Nationelle Dichtkunst

Musik im besten Sinne bedarf weniger der Neuheit, ja vielmehr je älter sie ist, je gewohnter man sie ist, desto mehr wirkt sie.

Maximen und Reflexionen
Aus Wilhelm Meisters Wanderjahren

Den echten Dichter wird niemand kennen, als wer dessen Zeit kennt.

Antike, Von Knebels Übersetzung des Lucrez

Sehr schlimm ist es in unsern Tagen, daß jede Kunst, die doch eigentlich nur zuerst für die Lebenden wirken soll, sich, insofern sie tüchtig und der Ewigkeit wert ist, mit der Zeit im Widerspruch befindet und daß der echte Künstler oft einsam in Verzweiflung lebt, indem er überzeugt ist, daß er das besitzt und mitteilen könnte was die Menschen suchen.

An Karl Friedrich Zelter, 13. 7. 1804

Man kann dem Gelehrten nicht zumuten, daß er die reiche Ernte, zu der ihn die Fruchtbarkeit seines weiten Feldes und seine eigne Tätigkeit berechtigt, selbst auseinander sondere; er hat zu viel Rücksichten zu nehmen, als daß er eine der andern völlig aufopfern könnte; und so ergeht es ihm gewöhnlich, wie es dem Pausanias erging, daß ein Kunstwerk oder sonst ein Gegenstand ihn mehr an sein Wissen erinnert, als daß es ihn aufforderte, sich des großen Umfangs seiner Kenntnisse zugunsten dieses besondern Falles zu entäußern. Deshalb möchte der Kunstfreund wohl ein verdienstliches Werk unternehmen, wenn er sich zwischen dem Gelehrten und Künstler in die Mitte stellte und aus den Schätzen des ersten für die Bedürfnisse des andern auszuwählen verstünde.

Polygnots Gemälde

Die Kunst gibt sich selbst Gesetze und gebietet der Zeit: der Dilettantism folgt der Neigung der Zeit.

Weil der wahre Kunstbegriff den Dilettanten meistenteils fehlt, ziehen sie immer das Viele und Mittelmäßige, das Rare und Köstliche dem Gewählten und Guten vor. Man trifft viele Dilettanten mit großen Sammlungen an, ja man könnte behaupten, alle großen Sammlungen sind vom Dilettantism entstanden. Denn er artet meistens, und besonders wenn er mit Vermögen unterstützt ist, in die Sucht aus zusammenzuraffen, er will nur besitzen, nicht mit Verstand wählen und sich mit Wenigem und Guten begnügen.

Europäische Literatur
Über den Dilettantismus

Allein wer bloß mit dem Vergangenen sich beschäftigt, kommt zuletzt in Gefahr, das Entschlafene, für uns Mumienhafte, vertrocknet an sein Herz zu schließen. Eben dieses Festhalten aber am Abgeschiedenen bringt jederzeit einen revolutionären Übergang hervor, wo das vorstrebende Neue nicht länger zurückzudrängen, nicht zu bändigen ist, so daß es sich vom Alten losreißt, dessen Vorzüge nicht anerkennen, dessen Vorteile nicht mehr benutzen will. Freilich, wenn das Genie, der gute Kopf sich bestrebt das Altertum wieder zu beleben, seine Zeitgenossen in abgelegene Regionen zurückzuführen, ihnen das Entfernte, durch gefällige Abspiegelung, näherzurücken, da finden sich große Schwierigkeiten; demjenigen Künstler dagegen wird es leicht, der sich umtut, was die Zeitgenossen ohnehin lieben, wornach sie streben, welche Wahrheit ihnen behagt, welcher Irrtum ihnen am Herzen liegt? Und dann ist er ja selbst ein Moderner, in diese Zustände von Jugend auf eingeweiht und darin befangen, seine Überzeugung schließt sich an die Überzeugung des Jahrhunderts. Nun lasse er seinem Talente freien Lauf, und es ist kein Zweifel, daß er den größten Teil des Publikums mit sich hinreißen werde.

Europäische Literatur
Klassiker und Romantiker in Italien

Man spricht immer vom Studium der Alten; allein was will das anders sagen, als: richte dich auf die wirkliche Welt und suche sie auszusprechen; denn das taten die Alten auch, da sie lebten.

Eckermann, Gespräche, 29. 1. 1826

Das Publikum hat eine eigene Art, gegen öffentliche Menschen von anerkanntem Verdienste zu verfahren; es fängt nach und nach an gleichgültig gegen sie zu werden, und begünstigt viel geringere aber neu erscheinende Talente; es macht an jene übertriebene Forderungen, und läßt sich von diesen alles gefallen.

Wilhelm Meisters Lehrjahre
5. Buch, 16. Kapitel

Es ist eine falsche Nachgiebigkeit gegen die Menge, wenn man ihnen die Empfindungen erregt, die sie haben wollen, und nicht die sie haben sollen.
Wer das Geld bringt, kann die Ware nach seinem Sinne verlangen.
Gewissermaßen; aber ein großes Publikum verdient, daß man es achte, daß man es nicht wie Kinder, denen man das Geld abnehmen will, behandle. Man bringe ihm nach und nach, durch das Gute, Gefühl und Geschmack für das Gute bei, und es wird sein Geld mit doppeltem Vergnügen einlegen, weil ihm der Verstand, ja die Vernunft selbst bei dieser Ausgabe nichts vorzuwerfen hat. Man kann ihm schmeicheln wie einem geliebten Kinde, schmeicheln, um es zu bessern, um es künftig aufzuklären; nicht wie einem Vornehmen und Reichen, um den Irrtum, den man nutzt, zu verewigen.

Wilhelm Meisters Lehrjahre
5. Buch, 9. Kapitel

Das Manierierte ist ein verfehltes Ideelle, ein subjektiviertes Ideelle; daher fehlt ihm das Geistreiche nicht leicht.

Maximen und Reflexionen
Aus Wilhelm Meisters Wanderjahren

Höchst verdrießlich war ich, zu lesen und zu hören, daß über den herrlich, überschwenglich ergreifenden Stükken der Alten noch zum Schluß der Vorstellung eine Narrensposse sei gegeben worden. Wie mir aber gelang, mit einem solchen Verfahren mich auszusöhnen und mir ein Unbegreifliches zurechtzulegen, sei hier gesagt, ob es vielleicht auch andern fromme.

Um nun mit einer Verneinung anzufangen, um das Feld zu reinigen, so sag ich vorerst, daß wir uns keineswegs ein Possen- und Fratzenstück nach unserer Art, am wenigsten aber eine Parodie und Travestie denken müssen, wozu uns vielleicht Horazens Verse verleiten könnten. Nein! bei den Griechen ist alles aus einem Stücke, und alles im großen Stil, derselbe Marmor, dasselbe Erz, das einen Zeus, einen Faun möglich macht, und immer der gleiche Geist, der allem die gebührende Würde verleiht.

Hier ist nun keineswegs der parodistische Sinn, welcher das Hohe, Große, Edle, Gute, Zarte herunterzieht und ins Gemeine verschleppt, woran wir immer ein Symptom sehen, daß die Nation, die daran Freude hat, auf dem Wege ist, sich zu verschlechtern; vielmehr wird hier das Rohe, Brutale, Niedrige, das an und für sich selbst den Gegensatz des Göttlichen macht, durch die Gewalt der Kunst [dergestalt emporgehoben], daß wir dasselbe gleichfalls als an dem Erhabenen teilnehmend empfinden und betrachten müssen. Die komischen Masken der Alten, wie sie uns übriggeblieben, stehen dem Kunstwert nach in gleicher Linie mit den tragischen. Ich besitze selbst eine kleine komische Maske von Erz, die mir um keine Goldstange feil wäre, denn sie gibt mir tagtäglich das Anschauen von der hohen Wahrheit, die ich soeben ausgesprochen habe.

Antike, Zum Kyklops des Euripides

Das sogenannte Trauerspiel ist eigentlich das wahre Lustspiel und das sogenannte Lustspiel das eigentliche Trauerspiel, wenn man über etwas weinen oder lachen dürfte.
Daß Ödipus sich die Augen ausreißt, ist eine Dummheit und nicht weinerlich; daß Aristophanes sich über die Menschen moquiert, ist ein Ernst, aber nicht lächerlich.

Gespräch mit Friedrich Wilhelm Riemer
(1803–1814)

Es ist keine Kunst, eine Göttin zur Hexe, eine Jungfrau zur Hure zu machen; aber zur umgekehrten Operation, Würde zu geben dem Verschmähten, wünschenswert zu machen das Verworfene, dazu gehört entweder Kunst oder Charakter.

Maximen und Reflexionen
Nachlaß: Über Literatur und Leben

Der schöne Geist und der Schöngeist

Nur das Leichtere trägt auf leichten Schultern der Schöngeist,
Aber der schöne Geist trägt das Gewichtige leicht.

Gedichte aus dem Nachlaß
Tabulae Votivae

Eines der vorzüglichsten Kennzeichen des Verfalles der Kunst ist die Vermischung der verschiednen Arten derselben.

Die Künste selbst, sowie ihre Arten, sind untereinander verwandt, sie haben eine gewisse Neigung, sich zu vereinigen, ja sich ineinander zu verlieren; aber eben darin besteht die Pflicht, das Verdienst, die Würde des echten Künstlers, daß er das Kunstfach, in welchem er arbeitet, von andern abzusondern, jede Kunst und Kunstart auf sich selbst zu stellen und sie aufs möglichste zu isolieren wisse.
Man hat bemerkt, daß alle bildende Kunst zur Malerei, alle Poesie zum Drama strebe, und es kann uns diese Erfahrung künftig zu wichtigen Betrachtungen Anlaß geben.
Der echte, gesetzgebende Künstler strebt nach Kunstwahrheit, der gesetzlose, der einem blinden Trieb folgt, nach Naturwirklichkeit; durch jenen wird die Kunst zum höchsten Gipfel, durch diesen auf ihre niedrigste Stufe gebracht.

Propyläen, Einleitung

Und so schnurrt auch wieder durch das Ganze die alte, halbwahre Philisterleier: daß die Künste das Sittengesetz anerkennen und sich ihm unterordnen sollen. Das erste haben sie immer getan und müssen es tun, weil ihre Gesetze so gut als das Sittengesetz aus der Vernunft entspringen, täten sie aber das zweite, so wären sie verloren und es wäre besser daß man ihnen gleich einen Mühlstein an den Hals hinge und sie ersäufte, als daß man sie nach und nach ins nützlich-platte absterben ließe.

An Johann Heinrich Meyer, 20. 6. 1796

Die Kunst an und für sich selbst ist edel; deshalb fürchtet sich der Künstler nicht vor dem Gemeinen. Ja indem er es aufnimmt, ist es schon geadelt, und so sehen wir die größten Künstler mit Kühnheit ihr Majestätsrecht ausüben.

Maximen und Reflexionen
Aus Kunst und Altertum

Der Dichter aber, der seiner Natur nach unparteiisch sein und bleiben muß, sucht sich von den Zuständen beider kämpfender Teile zu durchdringen, wo er denn, wenn Vermittlung unmöglich wird, sich entschließen muß tragisch zu endigen. Und mit welchem Zyklus von Tragödien sahen wir uns von der tosenden Weltbewegung bedroht!

Kampagne in Frankreich
Münster, November

Der Dichter steht viel zu hoch, als daß er Partei machen sollte. Heiterkeit und Bewußtsein sind die schönen Gaben, für die er dem Schöpfer dankt: Bewußtsein, daß er vor dem Furchtbaren nicht erschrecke, Heiterkeit, daß er alles erfreulich darzustellen wisse.

West-östlicher Divan
Noten und Abhandlungen

Es gibt keine patriotische Kunst und keine patriotische Wissenschaft. Beide gehören wie alles hohe Gute der ganzen Welt an und können nur durch allgemeine freie Wechselwirkung aller zugleich Lebenden in steter Rücksicht auf das, was uns vom Vergangenen übrig und bekannt ist, gefördert werden.

Maximen und Reflexionen
Aus Wilhelm Meisters Wanderjahren

Wir wissen von keiner Welt als im Bezug auf den Menschen; wir wollen keine Kunst, als die ein Abdruck dieses Bezugs ist.

Die Kunst ruht auf einer Art religiosem Sinn, auf einem tiefen unerschütterlichen Ernst; deswegen sie sich auch so gern mit der Religion vereinigt. Die Religion bedarf keines Kunstsinnes, sie ruht auf ihrem eignen Ernst; sie verleiht aber auch keinen, so wenig sie Geschmack gibt.

Maximen und Reflexionen
Nachlaß: Kunst – Kunstgeschichte

Man will Wahrheit, man will Wirklichkeit und verdirbt dadurch die Poesie.

Eckermann, Gespräche, 27. 12. 1826

Denn das Schöne ist nicht sowohl leistend als versprechend, dagegen das Häßliche, aus einer Stockung entstehend, selbst stocken macht und nichts hoffen, begehren und erwarten läßt.

Kampagne in Frankreich
Münster, November

Weil nämlich das Wesen des Schönen eben in seiner Vollendung in sich selbst besteht, so schadet ihm der letzte fehlende Punkt so viel als tausend, denn er verrückt alle übrigen Punkte aus der Stelle, in welche sie gehören.

Italienische Reise, 3. Teil
Rom, März 1788

Das Schöne ist eine Manifestation geheimer Naturgesetze, die uns ohne dessen Erscheinung ewig wären verborgen geblieben.

Maximen und Reflexionen
Aus Kunst und Altertum

Die Natur ist schön, bis an eine gewisse Grenze. Die Kunst ist schön durch ein gewisses Maß. Die Naturschönheit ist den Gesetzen der Notwendigkeit unterworfen, die Kunstschönheit den Gesetzen des höchstgebildeten menschlichen Geistes, jene erscheint uns darum gleichsam gebunden, diese gleichsam frei.

Neue Unterhaltungen über
verschiedene Gegenstände der Kunst

Die Schönheit kann nie über sich selbst deutlich werden.

Maximen und Reflexionen
Aus Kunst und Altertum

Das Schöne ist ein Urphänomen, das zwar nie selber zur Erscheinung kommt, dessen Abglanz aber in tausend verschiedenen Äußerungen des schaffenden Geistes sichtbar wird und so mannigfaltig und so verschiedenartig ist als die Natur selber.

Eckermann, Gespräche, 18. 4. 1827

VII
Der Weisheit letzte Schlüsse

Parabase

Freudig war, vor vielen Jahren,
Eifrig so der Geist bestrebt,
Zu erforschen, zu erfahren,
Wie Natur im Schaffen lebt.
Und es ist das ewig Eine,
Das sich vielfach offenbart:
Klein das Große, groß das Kleine,
Alles nach der eignen Art;
Immer wechselnd, fest sich haltend,
Nah und fern und fern und nah,
So gestaltend, umgestaltend –
Zum Erstaunen bin ich da.

Gott und Welt

Proteus
Laß du sie singen, laß sie prahlen!
Der Sonne heiligen Lebestrahlen
Sind tote Werke nur ein Spaß.
Das bildet schmelzend, unverdrossen,
Und haben sies in Erz gegossen,
Dann denken sie, es wäre was.
Was ists zuletzt mit diesen Stolzen?
Die Götterbilder standen groß:
Zerstörte sie ein Erdestoß –
Längst sind sie wieder eingeschmolzen!

Das Erdetreiben, wies auch sei,
Ist immer doch nur Plackerei;
Dem Leben frommt die Welle besser;
Dich trägt ins ewige Gewässer
Proteus-Delphin. *Er verwandelt sich.*
Schon ists getan!
Da soll es dir zum schönsten glücken:
Ich nehme dich auf meinen Rücken,
Vermähle dich dem Ozean.

Thales
Gib nach dem löblichen Verlangen,
Von vorn die Schöpfung anzufangen!
Zu raschem Wirken sei bereit!
Da regst du dich nach ewigen Normen
Durch tausend, abertausend Formen,
Und bis zum Menschen hast du Zeit.

Faust II, 2, Klassische Walpurgisnacht

Wo bist du, Faust, des Stimme mir erklang,
Der sich an mich mit allen Kräften drang?
Bist du es, der, von meinem Hauch umwittert,

In allen Lebenstiefen zittert,
Ein furchtsam weggekrümmter Wurm?
Faust
Soll ich dir, Flammenbildung, weichen?
Ich bins, bin Faust, bin deinesgleichen!
Geist
In Lebensfluten, im Tatensturm
Wall ich auf und ab,
Wehe hin und her!
Geburt und Grab,
Ein ewiges Meer,
Ein wechselnd Weben,
Ein glühend Leben:
So schaff ich am sausenden Webstuhl der Zeit
Und wirke der Gottheit lebendiges Kleid.
Faust
Der du die weite Welt umschweifst,
Geschäftiger Geist, wie nah fühl ich mich dir!
Geist
Du gleichst dem Geist, den du begreifst,
Nicht mir! *Verschwindet.*
Faust, zusammenstürzend.
Nicht dir?

Faust I, Nacht

Urworte · Orphisch

ΔΑΙΜΩΝ, Dämon
Wie an dem Tag, der dich der Welt verliehen,
Die Sonne stand zum Gruße der Planeten,
Bist alsobald und fort und fort gediehen
Nach dem Gesetz, wonach du angetreten.
So mußt du sein, dir kannst du nicht entfliehen,
So sagten schon Sibyllen, so Propheten;
Und keine Zeit und keine Macht zerstückelt
Geprägte Form, die lebend sich entwickelt.

ΤΥΧΗ, das Zufällige
Die strenge Grenze doch umgeht gefällig
Ein Wandelndes, das mit und um uns wandelt;
Nicht einsam bleibst du, bildest dich gesellig,
Und handelst wohl so, wie ein andrer handelt:
Im Leben ists bald hin-, bald widerfällig,
Es ist ein Tand und wird so durchgetandelt.
Schon hat sich still der Jahre Kreis geründet,
Die Lampe harrt der Flamme, die entzündet.

ΕΡΩΣ, Liebe
Die bleibt nicht aus! – Er stürzt vom Himmel nieder,
Wohin er sich aus alter Öde schwang,
Er schwebt heran auf luftigem Gefieder
Um Stirn und Brust den Frühlingstag entlang,
Scheint jetzt zu fliehn, vom Fliehen kehrt er wieder:
Da wird ein Wohl im Weh, so süß und bang.
Gar manches Herz verschwebt im Allgemeinen,
Doch widmet sich das edelste dem Einen.

ΑΝΑΓΚΗ, Nötigung
Da ists denn wieder, wie die Sterne wollten:
Bedingung und Gesetz; und aller Wille
Ist nur ein Wollen, weil wir eben sollten,
Und vor dem Willen schweigt die Willkür stille;
Das Liebste wird vom Herzen weggescholten,
Dem harten Muß bequemt sich Will und Grille.
So sind wir scheinfrei denn nach manchen Jahren
Nur enger dran, als wir am Anfang waren.

ΕΛΠΙΣ, Hoffnung
Doch solcher Grenze, solcher ehrnen Mauer
Höchst widerwärtge Pforte wird entriegelt,
Sie stehe nur mit alter Felsendauer!
Ein Wesen regt sich leicht und ungezügelt:
Aus Wolkendecke, Nebel, Regenschauer
Erhebt sie uns, mit ihr, durch sie beflügelt,

Ihr kennt sie wohl, sie schwärmt durch alle Zonen –
Ein Flügelschlag – und hinter uns Äonen!

Gott und Welt

Die Metamorphose der Pflanzen

Dich verwirret, Geliebte, die tausendfältige Mischung
Dieses Blumengewühls über dem Garten umher;
Viele Namen hörest du an, und immer verdränget
Mit barbarischem Klang einer den andern im Ohr.
Alle Gestalten sind ähnlich, und keine gleichet der andern;
Und so deutet das Chor auf ein geheimes Gesetz,
Auf ein heiliges Rätsel. O könnt ich dir, liebliche Freundin,
Überliefern sogleich glücklich das lösende Wort! –
Werdend betrachte sie nun, wie nach und nach sich die Pflanze,
Stufenweise geführt, bildet zu Blüten und Frucht.
Aus dem Samen entwickelt sie sich, sobald ihn der Erde
Stille befruchtender Schoß hold in das Leben entläßt
Und dem Reize des Lichts, des heiligen, ewig bewegten,
Gleich den zärtesten Bau keimender Blätter empfiehlt.
Einfach schlief in dem Samen die Kraft; ein beginnendes Vorbild
Lag, verschlossen in sich, unter die Hülle gebeugt,
Blatt und Wurzel und Keim, nur halb geformet und farblos;
Trocken erhält so der Kern ruhiges Leben bewahrt,
Quillet strebend empor, sich milder Feuchte vertrauend,
Und erhebt sich sogleich aus der umgebenden Nacht.
Aber einfach bleibt die Gestalt der ersten Erscheinung,
Und so bezeichnet sich auch unter den Pflanzen das Kind.
Gleich darauf ein folgender Trieb, sich erhebend, erneuet,

Knoten auf Knoten getürmt, immer das erste Gebild.
Zwar nicht immer das gleiche; denn mannigfaltig erzeugt sich,
Ausgebildet, du siehsts, immer das folgende Blatt,
Ausgedehnter, gekerbter, getrennter in Spitzen und Teile,
Die verwachsen vorher ruhten im untern Organ.
Und so erreicht es zuerst die höchst bestimmte Vollendung,
Die bei manchem Geschlecht dich zum Erstaunen bewegt.
Viel gerippt und gezackt, auf mastig strotzender Fläche,
Scheinet die Fülle des Triebs frei und unendlich zu sein.
Doch hier hält die Natur, mit mächtigen Händen, die Bildung
An und lenket sie sanft in das Vollkommnere hin.
Mäßiger leitet sie nun den Saft, verengt die Gefäße,
Und gleich zeigt die Gestalt zärtere Wirkungen an.
Stille zieht sich der Trieb der strebenden Ränder zurücke,
Und die Rippe des Stiels bildet sich völliger aus.
Blattlos aber und schnell erhebt sich der zärtere Stengel,
Und ein Wundergebild zieht den Betrachtenden an.
Rings im Kreise stellet sich nun, gezählet und ohne
Zahl, das kleinere Blatt neben dem ähnlichen hin.
Um die Achse gedrängt entscheidet der bergende Kelch sich,
Der zur höchsten Gestalt farbige Kronen entläßt.
Also prangt die Natur in hoher, voller Erscheinung,
Und sie zeiget, gereiht, Glieder an Glieder gestuft.
Immer staunst du aufs neue, sobald sich am Stengel die Blume
Über dem schlanken Gerüst wechselnder Blätter bewegt.
Aber die Herrlichkeit wird des neuen Schaffens Verkündung.
Ja, das farbige Blatt fühlet die göttliche Hand,

Und zusammen zieht es sich schnell; die zärtesten Formen,
Zwiefach streben sie vor, sich zu vereinen bestimmt.
Traulich stehen sie nun, die holden Paare, beisammen,
Zahlreich ordnen sie sich um den geweihten Altar.
Hymen schwebet herbei, und herrliche Düfte, gewaltig,
Strömen süßen Geruch, alles belebend, umher.
Nun vereinzelt schwellen sogleich unzählige Keime,
Hold in den Mutterschoß schwellender Früchte gehüllt.
Und hier schließt die Natur den Ring der ewigen Kräfte;
Doch ein neuer sogleich fasset den vorigen an,
Daß die Kette sich fort durch alle Zeiten verlänge,
Und das Ganze belebt, so wie das Einzelne, sei.
Nun, Geliebte, wende den Blick zum bunten Gewimmel,
Das verwirrend nicht mehr sich vor dem Geiste bewegt.
Jede Pflanze verkündet dir nun die ewgen Gesetze,
Jede Blume, sie spricht lauter und lauter mit dir.
Aber entzifferst du hier der Göttin heilige Lettern,
Überall siehst du sie dann, auch in verändertem Zug.
Kriechend zaudre die Raupe, der Schmetterling eile geschäftig,
Bildsam ändre der Mensch selbst die bestimmte Gestalt.
O, gedenke denn auch, wie aus dem Keim der Bekanntschaft
Nach und nach in uns holde Gewohnheit entsproß,
Freundschaft sich mit Macht in unserm Innern enthüllte,
Und wie Amor zuletzt Blüten und Früchte gezeugt.
Denke, wie mannigfach bald diese, bald jene Gestalten,
Still entfaltend, Natur unsern Gefühlen geliehn!
Freue dich auch des heutigen Tags! Die heilige Liebe
Strebt zu der höchsten Frucht gleicher Gesinnungen auf,

Gleicher Ansicht der Dinge, damit in harmonischem
Anschaun
Sich verbinde das Paar, finde die höhere Welt.

Gott und Welt

Natur und Idee läßt sich nicht trennen, ohne daß die Kunst sowie das Leben zerstört werde.

Nachlaß: Kunst – Kunstgeschichte

Im Innern ist ein Universum auch;
Daher der Völker löblicher Gebrauch,
Daß jeglicher das Beste, was er kennt,
Er Gott, ja seinen Gott benennt,
Ihm Himmel und Erden übergibt,
Ihn fürchtet, und womöglich liebt.

Prooemion, Gott und Welt

Betrachten wir uns in jeder Lage des Lebens, so finden wir, daß wir äußerlich bedingt sind, vom ersten Atemzug bis zum letzten; daß uns aber jedoch die höchste Freiheit übrig geblieben ist, uns innerhalb unsrer selbst dergestalt auszubilden, daß wir uns mit der sittlichen Weltordnung in Einklang setzen und, was auch für Hindernisse sich hervortun, dadurch mit uns selbst zum Frieden gelangen können.

An Moritz Paul v. Brühl, 23. 10. 1828

Das ist der Weisheit letzter Schluß:
Nur der verdient sich Freiheit wie das Leben,
Der täglich sie erobern muß!

Faust II, 5, Vorhof des Palasts

Das Wirkliche ohne sittlichen Bezug nennen wir gemein.

Maximen und Reflexionen
Aus Kunst und Altertum

Die Urzeit der Welt, der Nationen, der einzelnen Menschen ist sich gleich. Wüste Leerheit umfängt erst alles, der Geist jedoch brütet schon über Beweglichem und Gebildetem. Indes die Autochthonenmenge staunend ängstlich umherblickt, kümmerlich das unentbehrlichste Bedürfnis zu befriedigen, schaut ein begünstigter Geist in die großen Welterscheinungen hinein, bemerkt was sich ereignet und spricht das Vorhandene ahndungsvoll aus, als wenn es entstünde. So haben wir in der ältesten Zeit Betrachtung, Philosophie, Benamsung und Poesie der Natur alles in einem.

Die Welt wird heiterer, jene düstere Elemente klären sich auf, entwirren sich, der Mensch greift nach ihnen, sie auf andere Weise zu gewältigen. Eine frische gesunde Sinnlichkeit blickt umher, freundlich sieht sie im Vergangenen und Gegenwärtigen nur ihresgleichen. Dem alten Namen verleiht sie neue Gestalt, anthropomorphosiert, personifiziert das Leblose wie das Abgestorbene und verteilt ihren eigenen Charakter über alle Geschöpfe. So lebt und webt der Volksglaube, der sich von allem Abstrusen, was aus jener Urepoche übriggeblieben sein mag, oft leichtsinnig befreit. Das Reich der Poesie blüht auf, und nur der ist Poet, der den Volksglauben besitzt oder sich ihn anzueignen weiß. Der Charakter dieser Epoche ist freie, tüchtige, ernste, edle Sinnlichkeit, durch Einbildungskraft erhöht.

Da jedoch der Mensch in Absicht der Veredlung sein selbst keine Grenzen kennt, auch die klare Region des Daseins ihm nicht in allen Umständen zusagt, so strebt er ins Geheimnis zurück, sucht höhere Ableitung dessen was ihm erscheint. Und wie die Poesie Dryaden und Hamadryaden schafft, über denen höhere Götter ihr Wesen treiben, so erzeugt die Theologie Dämonen, die sie solange einander unterordnet, bis sie zuletzt sämtlich von einem Gotte abhängig gedacht werden. Diese Epoche dürfen wir die heilige nennen, sie gehört im höchsten Sinne der Vernunft an, kann sich aber nicht lange rein erhalten und muß, weil sie denn doch zu ihrem Behuf den Volksglauben aufstutzt, ohne Poesie zu sein, weil sie das Wunderbarste ausspricht und ihm objektive Gültigkeit zuschreibt, endlich dem Verstand verdächtig werden. Dieser, in seiner größten Energie und Reinheit, verehrt die Uranfänge, erfreut sich am poetischen Volksglauben und schätzt das edle Menschenbedürfnis, ein Oberstes anzuerkennen. Allein der Verständige strebt alles Denkbare seiner Klarheit anzueignen und selbst die geheimnisvollsten Erscheinungen faßlich aufzulösen. Volks- und Priesterglaube wird daher keineswegs verworfen, aber hinter demselben ein Begreifliches, Löbliches, Nützliches angenommen, die Bedeutung gesucht, das Besondere ins Allgemeine verwandelt und aus allem Nationalen, Provinzialen, ja Individuellen etwas der Menschheit überhaupt Zuständiges herausgeleitet. Dieser Epoche kann man ein edles, reines, kluges Bestreben nicht absprechen, sie genügt aber mehr dem einzelnen wohlbegabten Menschen als ganzen Völkern.

Denn wie sich diese Sinnesart verbreitet, folgt sogleich die letzte Epoche, welche wir die prosaische nennen dürfen, da sie nicht etwa den Gehalt der frühern humanisieren, dem reinen Menschenverstand und Hausgebrauch aneignen möchte, sondern das Älteste in die Gestalt des gemeinen Tags zieht und auf diese Weise Urgefühle, Volks- und Priesterglauben, ja den Glauben des Verstandes, der hinter dem Seltsamen noch einen löblichen Zusammenhang vermutet, völlig zerstört.

Diese Epoche kann nicht lange dauern. Das Menschenbedürfnis, durch Weltschicksale aufgeregt, überspringt rückwärts die verständige Leitung, vermischt Priester-, Volks- und Urglauben, klammert sich bald da, bald dort an Überlieferungen, versenkt sich in Geheimnisse, setzt Märchen an die Stelle der Poesie und erhebt sie zu Glaubensartikeln. Anstatt verständig zu belehren und ruhig einzuwirken, streut man willkürlich Samen und Unkraut zugleich nach allen Seiten; kein Mittelpunkt, auf den hingeschaut werde, ist mehr gegeben, jeder Einzelne tritt als Lehrer und Führer hervor und gibt seine vollkommene Torheit für ein vollendetes Ganze.

Und so wird denn auch der Wert eines jeden Geheimnisses zerstört, der Volksglaube selbst entweiht; Eigenschaften, die sich vorher naturgemäß auseinander entwickelten, arbeiten wie streitende Elemente gegeneinander, und so ist das Tohuwabohu wieder da, aber nicht das erste, befruchtete, gebärende, sondern ein absterbendes, in Verwesung übergehendes, aus dem der Geist Gottes kaum selbst eine ihm würdige Welt abermals erschaffen könnte.

URANFÄNGE

tiefsinnig beschaut, schicklich benamst.

Poesie	Volksglaube	Tüchtig	Einbildungskraft
Theologie	Ideelle Erhebung	Heilig	Vernunft
Philosophie	Aufklärendes Herabziehen	Klug	Verstand
Prosa	Auflösung ins Alltägliche	Gemein	Sinnlichkeit

Vermischung, Widerstreben, Auflösung.

Geistesepochen nach Hermanns
neusten Mitteilungen, Antike

Ich behaupte vielmehr, daß die Natur sich immer reichlich, ja verschwenderisch erweise, und daß es weit mehr in ihrem Sinne sei, anzunehmen, sie habe, statt eines einzigen armseligen Paares, die Menschen gleich zu Dutzenden, ja zu Hunderten hervorgehen lassen.

Als nämlich die Erde bis zu einem gewissen Punkt der Reife gediehen war, die Wasser sich verlaufen hatten und das Trockene genugsam grünete, trat die Epoche der Menschwerdung ein, und es entstanden die Menschen durch die Allmacht Gottes, überall, wo der Boden es zuließ, und vielleicht auf den Höhen zuerst. Anzunehmen, daß dieses geschehen, halte ich für vernünftig; allein darüber nachzusinnen, wie es geschehen, halte ich für ein unnützes Geschäft, das wir denen überlassen wollen, die sich gerne mit unauflösbaren Problemen beschäftigen und die nichts Besseres zu tun haben.

Eckermann, Gespräche, 7. 10. 1828

Ich sehe die Zeit kommen, wo Gott keine Freude mehr an ihr hat und er abermals alles zusammenschlagen muß zu einer verjüngten Schöpfung. Ich bin gewiß, es ist alles danach angelegt, und es steht in der fernen Zukunft schon Zeit und Stunde fest, wann diese Verjüngungsepoche eintritt. Aber bis dahin hat es sicher noch gute Weile und wir können noch Jahrtausende und aber Jahrtausende auch auf dieser lieben alten Fläche, wie sie ist, allerlei Spaß haben.

Eckermann, Gespräche, 23. 10. 1828

Des religiosen Gefühls wird sich kein Mensch erwehren, dabei aber ist es ihm unmöglich, solches in sich allein zu verarbeiten, deswegen sucht er oder macht sich Proselyten.

Das letztere ist meine Art nicht, das erstere aber hab ich treulich durchgeführt und, von Erschaffung der Welt an, keine Konfession gefunden, zu der ich mich völlig hätte bekennen mögen. Nun erfahr ich aber in meinen alten Tagen von einer Sekte der Hypsistarier, welche, zwischen Heiden, Juden und Christen geklemmt, sich erklärten, das Beste, Vollkommenste, was zu ihrer Kenntnis käme, zu schätzen, zu bewundern, zu verehren und, insofern es also mit der Gottheit im nahen Verhältnis stehen müsse, anzubeten. Da ward mir auf einmal aus einem dunklen Zeitalter her ein frohes Licht, denn ich fühlte, daß ich zeitlebens getrachtet hatte, mich zum Hypsistarier zu qualifizieren; das ist aber keine kleine Bemühung: denn wie kommt man in der Beschränkung seiner Individualität wohl dahin, das Vortrefflichste gewahr zu werden?

An Sulpiz Boisserée, 22. 3. 1831

Es gibt den Standpunkt einer Art Urreligion, den der reinen Natur und Vernunft, welcher göttlicher Abkunft. Dieser wird ewig derselbige bleiben und wird dauern und gelten, solange gottbegabte Wesen vorhanden. Doch ist er nur für Auserwählte und viel zu hoch und edel, um allgemein zu werden. Sodann gibt es den Standpunkt der Kirche, welcher mehr menschlicher Art. Er ist gebrechlich, wandelbar und im Wandel begriffen; doch auch er wird in ewiger Umwandlung dauern, solange schwache menschliche Wesen sein werden.

Eckermann, Gespräche, 11. 3. 1832

Überhaupt werden Sie finden, daß im mittleren Leben eines Menschen häufig eine Wendung eintritt und daß, wie ihn in seiner Jugend alles begünstigte und alles ihm glückte, nun mit einemmal alles ganz anders wird, und ein Unfall und ein Mißgeschick sich auf das andere häuft.
Wissen Sie aber, wie ich es mir denke? – Der Mensch muß wieder ruiniert werden! – Jeder außerordentliche Mensch hat eine gewisse Sendung, die er zu vollführen berufen ist. Hat er sie vollbracht, so ist er auf Erden in dieser Gestalt nicht weiter vonnöten, und die Vorsehung verwendet ihn wieder zu etwas anderem. Da aber hienie-

den alles auf natürlichem Wege geschieht, so stellen ihm die Dämonen ein Bein nach dem andern, bis er zuletzt unterliegt. So ging es Napoleon und vielen anderen. Mozart starb in seinem sechsunddreißigsten Jahre. Raffael in fast gleichem Alter. – Byron nur um weniges älter. Alle aber hatten ihre Mission auf das vollkommenste erfüllt, und es war wohl Zeit, daß sie gingen, damit auch anderen Leuten in dieser auf eine lange Dauer berechneten Welt noch etwas zu tun übrig bliebe.

Eckermann, Gespräche, 11. 3. 1828

Gespräch über den Unsterblichkeitsglauben nach Wielands Tod

»Von Untergang solcher hohen Seelenkräfte kann in der Natur niemals und unter keinen Umständen die Rede sein; so verschwenderisch behandelt sie ihre Kapitalien nie. Wielands Seele ist von Natur ein Schatz, ein wahres Kleinod. Dazu kommt, daß sein langes Leben diese geistig schönen Anlagen nicht verringert, sondern vergrößert hat. Noch einmal, bedenkt mir sorgsam diesen Umstand! Raffael war kaum in den Dreißigern, Kepler kaum einige Vierzig, als beide ihrem Leben plötzlich ein Ende machten, indes Wieland –« »Wie?« fiel ich hier Goethe mit einigem Erstaunen ins Wort, »sprechen Sie doch vom Sterben, als ob es ein Akt von Selbständigkeit wäre?« – »Das erlaube ich mir öfters«, gab er mir zur Antwort, »und wenn es Ihnen anders gefällt, so will ich Ihnen darüber auch von Grund aus, weil es mir in diesem Augenblicke erlaubt ist, meine Gedanken sagen.«
Ich bat ihn dringend, mir dieselben nicht vorzuenthalten. »Sie wissen längst«, hub er an, »daß Ideen, die eines festen Fundaments in der Sinnenwelt entbehren, bei all ihrem übrigen Werte für mich keine Überzeugung mit sich führen, weil ich, der Natur gegenüber, wissen, nicht aber bloß vermuten und glauben will. Was nun die per-

sönliche Fortdauer unserer Seele nach dem Tode betrifft, so ist es damit auf meinem Wege also beschaffen. Sie steht keineswegs mit den vieljährigen Beobachtungen, die ich über die Beschaffenheit unserer und aller Wesen in der Natur angestellt, im Widerspruch; im Gegenteil, sie geht sogar aus denselben mit neuer Beweiskraft hervor. Wie viel aber, oder wie wenig von dieser Persönlichkeit übrigens verdient, daß es fortdauere, ist eine andere Frage und ein Punkt, den wir Gott überlassen müssen. Vorläufig will ich nur dieses zuerst bemerken: ich nehme verschiedene Klassen und Rangordnungen der letzten Urbestandteile aller Wesen an, gleichsam der Anfangspunkte aller Erscheinungen in der Natur, die ich Seelen nennen möchte, weil von ihnen die Beseelung des Ganzen ausgeht, oder noch lieber Monaden – lassen Sie uns immer diesen Leibnizischen Ausdruck beibehalten! Die Einfachheit des einfachsten Wesens auszudrücken, möchte es kaum einen bessern geben. – Nun sind einige von diesen Monaden oder Anfangspunkten, wie uns die Erfahrung zeigt, so klein, so geringfügig, daß sie sich höchstens nur zu einem untergeordneten Dienst und Dasein eignen. Andere dagegen sind gar stark und gewaltig. Die letzten pflegen daher alles, was sich ihnen naht, in ihren Kreis zu reißen und in ein ihnen Angehöriges, das heißt in einen Leib, in eine Pflanze, in ein Tier, oder noch höher herauf, in einen Stern zu verwandeln. Sie setzen dies so lange fort, bis die kleine oder große Welt, deren Intention geistig in ihnen liegt, auch nach außen leiblich zum Vorschein kommt. Nur die letzten möchte ich eigentlich Seelen nennen. Es folgt hieraus, daß es Weltmonaden, Weltseelen, wie Ameisenmonaden, Ameisenseelen gibt, und daß beide in ihrem Ursprunge, wo nicht völlig eins, doch im Urwesen verwandt sind.«

»Jede Sonne, jeder Planet trägt in sich eine höhere Intention, einen höhern Auftrag, vermöge dessen seine Entwickelungen ebenso regelmäßig und nach demselben Gesetze, wie die Entwickelungen eines Rosenstockes durch Blatt, Stiel und Krone, zustande kommen müssen. Mögen Sie dies eine Idee oder eine Monade nennen, wie Sie wollen, ich habe auch nichts dawider; genug, daß diese Intention unsichtbar und früher, als die sichtbare Entwickelung aus ihr in der Natur, vorhanden ist. Die Larven der Mittelzustände, welche diese Idee in den Übergängen vornimmt, dürfen uns dabei nicht irre machen. Es ist immer nur dieselbe Metamorphose oder Verwandlungsfähigkeit der Natur, die aus dem Blatte eine Blume, eine Rose, aus dem Ei eine Raupe und aus der Raupe einen Schmetterling heraufführt. Übrigens gehorchen die niedern Monaden einer höhern, weil sie eben gehorchen müssen, nicht aber, daß es ihnen besonders zum Vergnügen gereichte. Es geht dieses auch im ganzen sehr natürlich zu. Betrachten wir zum Beispiel diese Hand. Sie enthält Teile, welche der Hauptmonas, die sie gleich bei ihrer Entstehung unauflöslich an sich zu knüpfen wußte, jeden Augenblick zu Dienste stehen. Ich kann dieses oder jenes Musikstück vermittelst derselben abspielen; ich kann meine Finger, wie ich will, auf den Tasten eines Klaviers umherfliegen lassen. So verschaffen sie mir allerdings einen geistig schönen Genuß; sie selbst aber sind taub, nur die Hauptmonas hört. Ich darf also voraussetzen, daß meiner Hand oder meinen Fingern wenig oder gar nichts an meinem Klavierspiele gelegen ist. Das Monadenspiel, wodurch ich mir ein Ergetzen bereite, kommt meinen Untergebenen wenig zugute, außer, daß ich sie vielleicht ein wenig ermüde. Wie weit besser stände es um ihr Sinnenvergnügen, könnten sie, wozu allerdings eine Anlage in ihnen vorhanden ist, anstatt auf den Tasten meines Klaviers müßig herumzufliegen, lieber als emsige Bienen auf den Wiesen umherschwärmen, auf einem Baume sitzen oder sich an dessen Blütenzweigen ergetzen. Der Moment des Todes, der darum auch sehr gut eine Auflösung heißt, ist eben der, wo die regierende Hauptmonas alle ihre bisherigen Untergebenen ihres treuen Dienstes entläßt. Wie das Entstehen, so betrachte ich auch das Vergehen als einen selbständigen Akt dieser, nach ihrem eigentlichen Wesen uns völlig unbekannten Hauptmonas.«

»Alle Monaden aber sind von Natur so unverwüstlich, daß sie ihre Tätigkeit im Moment der Auflösung selbst nicht einstellen oder verlieren, sondern noch in demselben Augenblicke wieder fortsetzen. So scheiden sie nur aus den alten Verhältnissen, um auf der Stelle wieder neue einzugehen. Bei diesem Wechsel kommt alles darauf an, wie mächtig die Intention sei, die in dieser oder jener Monas enthalten ist. Die Monas einer gebildeten Menschenseele und die eines Bibers, eines Vogels, oder eines Fisches, das macht einen gewaltigen Unterschied. Und da stehen wir wieder an den Rangordnungen der Seelen, die wir gezwungen sind anzunehmen, sobald wir uns die Erscheinungen der Natur nur einigermaßen erklären wollen. Swedenborg hat dies auf seine Weise versucht und bedient sich zur Darstellung seiner Ideen eines Bildes, das nicht glücklicher gewählt sein kann. Er vergleicht nämlich den Aufenthalt, worin sich die Seelen befinden, mit einem in drei Hauptgemächer eingeteilten Raume, in dessen Mitte ein großer befindlich ist. Nun wollen wir annehmen, daß aus diesen verschiedenen Gemächern sich auch verschiedene Kreaturen, zum Beispiel Fische, Vögel, Hunde, Katzen in den großen Saal begeben; eine freilich sehr gemengte Gesellschaft! Was wird davon die unmittelbare Folge sein? Das Vergnügen, beisammen zu sein, wird bald genug aufhören; aus den einander so heftig entgegengesetzten Neigungen wird sich ein ebenso heftiger Krieg entspinnen; am Ende wird sich das Gleiche zum Gleichen, die Fische zu den Fischen, die Vögel zu den Vögeln, die Hunde zu den Hunden, die Katze zu den Katzen gesellen, und jede von diesen besondern Gattungen wird auch, wo möglich, ein besonders Gemach einzunehmen suchen. Da haben wir völlig die Geschichte von unsern Monaden nach ihrem irdischen Ableben. Jede Monade geht, wo sie hingehört, ins Wasser, in die Luft, in die Erde, ins Feuer, in die Sterne; ja der geheime Zug, der sie dahin führt, enthält zugleich das Geheimnis ihrer zukünftigen Bestimmung.«

»An eine Vernichtung ist gar nicht zu denken; aber von irgend einer mächtigen und dabei gemeinen Monas unterwegs angehalten und ihr untergeordnet zu werden, diese Gefahr hat allerdings etwas Bedenkliches, und die Furcht davor wüßte ich auf dem Wege einer bloßen Naturbetrachtung meinesteils nicht ganz zu beseitigen.«

Indem ließ sich ein Hund auf der Straße mit seinem Gebell zu wiederholten Malen vernehmen. Goethe, der von Natur eine Antipathie wider alle Hunde besitzt, fuhr mit Heftigkeit ans Fenster und rief ihm entgegen: »Stelle dich wie du willst, Larve, mich sollst du doch nicht unterkriegen!« Höchst befremdend für den, der den Zusammenhang Goethescher Ideen nicht kennt; für den aber, der damit bekannt ist, ein humoristischer Einfall, der eben am rechten Orte war!

»Dies niedrige Weltgesindel«, nahm er nach einer Pause und etwas beruhigter wieder das Wort, »pflegt sich über die Maßen breit zu machen; es ist ein wahres Monadenpack, womit wir in diesem Planetenwinkel zusammengeraten sind, und möchte wenig Ehre von dieser Gesellschaft, wenn sie auf andern Planeten davon hörten, für uns zu erwarten sein.«

Ich fragte weiter: ob er wohl glaube, daß die Übergänge aus diesen Zuständen für die Monaden selbst mit Bewußtsein verbunden wären? Worauf Goethe erwiderte: »Daß es einen allgemein historischen Überblick, sowie daß es höhere Naturen, als wir selbst, unter den Monaden geben könne, will ich nicht in Abrede sein. Die Intention einer Weltmonade kann und wird manches aus dem dunkeln Schoße ihrer Erinnerung hervorbringen, das wie Weissagung aussieht und doch im Grunde nur dunkle Erinnerung eines abgelaufenen Zustandes, folglich Gedächtnis ist; völlig wie das menschliche Genie die Gesetztafeln über die Entstehung des Weltalls entdeckte, nicht durch trockne Anstrengung, sondern durch einen ins Dunkel fallenden Blitz der Erinnerung, weil es bei deren Abfassung selbst zugegen war. Es würde vermessen sein, solchen Aufblitzen im Gedächtnis höherer Geister ein Ziel zu setzen, oder den Grad, in welchem sich diese Erleuchtung halten müßte, zu bestimmen. So im allgemeinen und historisch gefaßt, finde ich in der Fortdauer von Persönlichkeit einer Weltmonas durchaus nichts Undenkbares.«

»Was uns selbst zunächst betrifft, so scheint es fast, als ob die von uns früher durchgangenen Zustände dieses Planeten im ganzen zu unbedeutend und zu mittelmäßig seien, als daß vieles daraus in den Augen der Natur einer zweiten Erinnerung wert gewesen wäre. Selbst unser jetziger Zustand möchte einer großen Auswahl bedürfen, und unsere Hauptmonas wird ihn wohl ebenfalls künftig einmal summarisch, das heißt in einigen großen historischen Hauptpunkten zusammenfassen.« ...

»Wollen wir uns einmal auf Vermutungen einlassen«, setzte Goethe hierauf seine Betrachtungen weiter fort, »so sehe ich wirklich nicht ab, was die Monade, welcher wir Wielands Erscheinung auf unsern Planeten verdanken, abhalten sollte, in ihrem neuen Zustande die höchsten Verbindungen dieses Weltalls einzugehen. Durch ihren Fleiß, durch ihren Eifer, durch ihren Geist, womit sie so viele weltgeschichtliche Zustände in sich aufnahm, ist sie zu allem berechtigt. Ich würde mich so wenig wundern, daß ich es sogar meinen Ansichten völlig gemäß finden müßte, wenn ich einst diesem Wieland als einer Weltmonade, als einem Stern erster Größe, nach Jahrtausenden wieder begegnete und sähe und Zeuge davon wäre, wie er mit seinem lieblichen Lichte alles, was ihm irgend nahe käme, erquickte und aufheiterte. Wahrlich, das nebelartige Wesen irgend eines Kometen in Licht und Klarheit zu verfassen, das wäre wohl für die Monas unsers Wielands eine erfreuliche Aufgabe zu nennen; wie denn überhaupt, sobald man die Ewigkeit dieses Weltzustandes denkt, sich für Monaden durchaus keine andere Bestimmung annehmen läßt, als daß sie ewig auch ihrerseits an den Freuden der Götter als selig mitschaffende Kräfte teilnehmen. Das Werden der Schöpfung ist ihnen anvertraut. Gerufen oder ungerufen, sie kommen von selbst auf allen Wegen, von allen Bergen, aus allen Meeren, von allen Sternen; wer mag sie aufhalten? Ich bin gewiß, wie Sie mich hier sehen, schon tausendmal dagewesen und hoffe wohl noch tausendmal wiederzukommen.« – »Um Verzeihung«, fiel ich ihm hier ins Wort: »ich weiß nicht, ob ich eine Wiederkunft ohne Bewußtsein eine Wiederkunft nennen möchte! Denn wieder kommt nur derjenige, welcher weiß, daß er zuvor dagewesen ist. Auch Ihnen sind bei Betrachtungen der Natur glänzende Erinnerungen und Lichtpunkte aus Weltzuständen aufgegangen, bei welchen Ihre Monas vielleicht selbsttätig zugegen war; aber alles dieses steht doch nur auf einem Vielleicht; ich wollte doch lieber, daß wir über so wichtige Dinge eine größere Gewißheit zu erlangen imstande wären, als die wir uns durch Ahnungen und jene Blitze des Genies verschaffen, welche zuweilen den dunkeln Abgrund der Schöpfung erleuchten. Sollten wir unserm Ziele nicht näher gelangen, wenn wir eine liebende Hauptmonas im Mittelpunkte der Schöpfung voraussetzten, die sich aller untergeordneten Monaden dieses ganzen Weltalls auf dieselbe Art und Weise bediente, wie sich unsere Seele der ihr zum Dienste untergebenen geringern Monaden bedient?« – »Ich habe gegen diese Vorstellung, als Glauben betrachtet, nichts«, gab Goethe hierauf zur Antwort; »nur pflege ich auf Ideen, denen keine sinnliche Wahrnehmung zum Grunde liegt, keinen ausschließenden Wert zu legen. Ja, wenn wir unser Gehirn und den Zusammenhang desselben mit dem Uranus und die tausendfältigen einander durchkreuzenden Fäden kennten, worauf der Gedanke hin- und herläuft! So aber werden wir der Gedankenblitze immer dann erst inne, wann sie einschlagen. Wir kennen nur Ganglien, Gehirnknoten; wom Wesen des Gehirns selbst wissen wir so viel als gar nichts. Was wollen wir denn also von Gott wissen? Man hat es Diderot sehr verdacht, daß er irgendwo gesagt: wenn Gott noch nicht ist, so wird er vielleicht noch. Gar wohl lassen sich aber, nach meinen Ansichten von der Natur und ihren Gesetzen, Planeten denken, aus welchen die höhern Monaden bereits ihren Abzug genommen, oder wo ihnen das Wort noch gar nicht vergönnt ist. Es gehört eine Konstellation dazu, die nicht alle Tage zu haben ist, daß das Wasser weicht und daß die Erde trocken wird. So gut wie es Menschenplaneten gibt, kann es auch Fischplaneten und Vogelplaneten geben. Ich habe in einer unserer früheren Unterhaltungen den Menschen das erste Gespräch genannt, das die Natur mit Gott hält. Ich zweifle gar nicht, daß dies Gespräch auf andern Planeten viel höher, tiefer und verständiger gehalten werden kann. Uns gehen vor der Hand tausend Kenntnisse dazu ab. Das Erste gleich, was uns mangelt, ist die Selbstkenntnis; nach dieser kommen alle übrigen. Streng genommen kann ich von Gott doch weiter nichts wissen, als wozu mich der ziemlich beschränkte Gesichtskreis von sinnlichen Wahrnehmungen auf diesem Planeten berechtigt, und das ist in allen Stücken wenig genug. Damit ist aber keineswegs gesagt, daß durch diese Beschränkung unserer Naturbetrachtungen auch dem Glauben Schranken gesetzt wären. Im Gegenteil kann, bei der Unmittelbarkeit göttlicher Gefühle in uns, der Fall gar leicht eintreten, daß das Wissen als Stückwerk besonders auf einem Planeten erscheinen muß, der, aus seinem ganzen Zusammenhange mit der Sonne herausgerissen, alle und jede Betrachtung unvollkommen läßt, die eben darum erst durch den Glauben ihre vollständige Ergänzung erhält. Schon bei Gelegenheit der Farbenlehre habe ich bemerkt, daß es Urphänomene gibt, die wir in ihrer göttlichen Einfalt durch unnütze Versuche nicht stören und beeinträchtigen, sondern der Vernunft und dem Glauben übergeben sollen. Versuchen wir von beiden Seiten mutig vorzudringen, nur halten wir zugleich die Grenzen streng auseinander! Beweisen wir nicht, was durchaus nicht zu beweisen ist! Wir werden sonst nur früh oder spät in unserm sogenannten Wissenswerk unsere eigne Mangelhaftigkeit bei der Nachwelt zur Schau tragen. Wo das Wissen genügt, bedürfen wir freilich des Glaubens nicht; wo aber das Wissen seine Kraft nicht bewährt oder ungenügend erscheint, sollen wir auch dem Glauben seine Rechte nicht streitig machen. Sobald man nur von dem Grundsatz ausgeht, daß Wissen und Glauben nicht dazu da sind, um einander aufzuheben, sondern um einander zu ergänzen, so wird schon überall das Rechte ausgemittelt werden.«

Gespräch mit Johannes D. Falk
25. 1. 1813

Das eigentliche, einzige und tiefste Thema der Welt- und Menschengeschichte, dem alle übrigen untergeordnet sind, bleibt der Konflikt des Unglaubens und Glaubens. Alle Epochen, in welchen der Glaube herrscht, unter welcher Gestalt er auch wolle, sind glänzend, herzerhebend und fruchtbar für Mitwelt und Nachwelt. Alle Epochen dagegen, in welchen der Unglaube, in welcher Form es sei, einen kümmerlichen Sieg behauptet, und wenn sie auch einen Augenblick mit einem Scheinglanze prahlen sollten, verschwinden vor der Nachwelt, weil sich niemand gern mit Erkenntnis des Unfruchtbaren abquälen mag.

West-östlicher Divan
Noten und Abhandlungen

Im Dunklen drängt das Künftge sich heran,
Das künftig Nächste selbst erscheinet nicht
Dem offnen Blick der Sinne, des Verstands.

Wenn ich beim Sonnenschein durch diese Straßen
Bewundernd wandle, der Gebäude Pracht,
Die felsengleich getürmten Massen schaue,
Der Plätze Kreis, der Kirchen edlen Bau,
Des Hafens masterfüllten Raum betrachte:
Das scheint mir alles für die Ewigkeit
Gegründet und geordnet; diese Menge
Gewerksam Tätiger, die hin und her
In diesen Räumen wogt, auch die verspricht,
Sich unvertilgbar ewig herzustellen.
Allein wenn dieses große Bild bei Nacht
In meines Geistes Tiefen sich erneut,
Da stürmt ein Brausen durch die düstre Luft,
Der feste Boden wankt, die Türme schwanken,
Gefugte Steine lösen sich herab,
Und so zerfällt in ungeformten Schutt
Die Prachterscheinung. Wenig Lebendes
Durchklimmt bekümmert neuentstandne Hügel,
Und jede Trümmer deutet auf ein Grab.
Das Element zu bändigen, vermag
ein tiefgebeugt, vermindert Volk nicht mehr,
Und rastlos wiederkehrend füllt die Flut
Mit Sand und Schlamm des Hafens Becken aus.

Die Natürliche Tochter, V, 7

Weite Welt und breites Leben,
Langer Jahre redlich Streben,
Stets geforscht und stets gegründet,
Nie geschlossen, oft geründet,
Ältestes bewahrt mit Treue,
Freundlich aufgefaßtes Neue,
Heitern Sinn und reine Zwecke:
Nun! man kommt wohl eine Strecke.

Gott und Welt

Wär nicht das Auge sonnenhaft,
Die Sonne könnt es nie erblicken;
Läg nicht in uns des Gottes eigne Kraft,
Wie könnt uns Göttliches entzücken?

Zahme Xenien III

Zum Sehen geboren,
Zum Schauen bestellt,
Dem Turme geschworen,
Gefällt mir die Welt.
Ich blick in die Ferne,
Ich seh in der Näh,
Den Mond und die Sterne,
Den Wald und das Reh.
So seh ich in allen
Die ewige Zier,
Und wie mirs gefallen,
Gefall ich auch mir.
Ihr glücklichen Augen,
Was je ihr gesehn,
Es sei wie es wolle,
Es war doch so schön!

Faust II, 5, Palast. Tiefe Nacht

Das Leben wohnt in jedem Sterne:
Er wandelt mit den andern gerne
Die selbsterwählte, reine Bahn;
Im innern Erdenball pulsieren
Die Kräfte, die zur Nacht uns führen
Und wieder zu dem Tag heran.

Zahme Xenien VI

Gerettet ist das edle Glied
Der Geisterwelt vom Bösen:
Wer immer strebend sich bemüht,
Den können wir erlösen!

Alles Vergängliche
Ist nur ein Gleichnis;
Das Unzulängliche,
Hier wird's Ereignis;
Das Unbeschreibliche,
Hier ist's getan;
Das Ewigweibliche
Zieht uns hinan.

Faust II, 5, Bergschluchten

Wenn im Unendlichen dasselbe
Sich wiederholend ewig fließt,
Das tausendfältige Gewölbe
Sich kräftig ineinander schließt,
Strömt Lebenslust aus allen Dingen,
Dem kleinsten wie dem größten Stern,
Und alles Drängen, alles Ringen
Ist ewige Ruh in Gott dem Herrn.

Zahme Xenien VI

Anhang

Goethe und kein Ende?

Die Klassik gehört zu den am meisten mißverstandenen, mißbrauchten und vom Zeitgeist herumgebeutelten Abschnitten der deutschen, aber auch der europäischen Geistesgeschichte. Bald zum Olymp der Kultur erhoben, bald als gravitätische Kulturdraperie verketzert: das Bild der Klassik schwankt zwischen Harmonie und Dissonanz und verliert, je größer der historische Abstand wird, an erkennbarer Kontur. Es droht dadurch unverbindlich zu werden. Aber wenn die Gegenwart mit der Vergangenheit nicht mehr allzuviel verbindet – wozu nützt diese dann? Als Material für wissenschaftliche Anatomie ist die Klassik natürlich allemal gut. Reicht das Zerlegen tradierter Stoffe in Fußnoten und sonstige Anmerkungen jedoch aus, um Vergangenes der Gegenwart zu empfehlen? Museen und Archive ersetzen Leben ebensowenig wie gelehrte Kommentare und historische Quellensicherungen. Derartige Aktivitäten haben nur dann einen Sinn, wenn sie Signale aussenden, die den Nachlebenden bemerkenswert genug erscheinen, um sie zu empfangen und in des Wortes unmittelbarer Bedeutung zu »beherzigen«, das heißt: sie zu Herzen zu nehmen und damit der eigenen Existenz nutzbar zu machen. Das Leben ist egoistisch: bedeutsam erscheint ihm nur, wodurch es sich bereichert fühlt.

Wodurch bereichert Klassik? Wem nützt Klassik? Das sind Fragen, die zu stellen die Gegenwart sich das Recht nehmen muß – und zwar nicht in bildungsbürgerlicher, sondern in bildungskritischer Absicht. Die vorliegende Sammlung von Zitaten aus Werken, Briefen und Gesprächen Goethes versucht auf diese Fragen eine Antwort zu geben. Und nicht nur dies. Sie versucht auch das gedankliche Charakterbild eines Mannes zu entwerfen, der, als Mensch unter Menschen, sich über die Menschen nichts vormachte und dennoch an sie glaubte. Für Goethe war die Humanitas keine Utopie, sondern durch Einsicht herstellbare Wirklichkeit. Zwar glaubt der Zeitgeist solches auch zu meinen, indem er sich heftig über die herrschenden Verhältnisse beklagt. Aber im Gegensatz zu Goethe läßt es das kritische Bewußtsein heute meist dabei bewenden, immer und immer wieder nur sich selbst zu bestätigen, anstatt lebensoptimistische Gegen-Entwürfe menschlicher Existenzverwirklichungen zu liefern. Auf diese Weise bleibt schließlich nur Nihilismus als Antwort übrig auf die Frage, was der Mensch sein könne. Aber Nihilismus ist keine Existenzform, in der und mit der es sich auf die Dauer leben läßt. Er raubt den Mut zum Leben. Depression ist die Folge.

Goethe war weder ein Sozial-Utopist noch ein Sozial-Nihilist. Er war jedoch auch kein Sozial-Revolutionär. Was ihn vielmehr auszeichnete, war ein anthropologischer Realitätssinn par excellence. Seine intuitiv das Wesentliche erfassende Beobachtungsgabe und seine neugierige Geduld der Anschauung, gepaart mit naturwissenschaftlich forschender Nüchternheit – diese Fähigkeiten schufen in Goethe die Voraussetzungen für einen vorurteilsfreien Entwurf der Humanitas, der jeglicher Sentimentalität entbehrt. Goethe tröstet nicht, Goethe klärt auf und hilft. Gedenke zu leben, das ist seine Devise. Leben heißt für ihn: das Leben annehmen und zugleich als Herausforderung begreifen, um es tätig zu bewältigen – man könnte auch sagen: um sich seiner würdig zu erweisen.

Unter solchen Vorzeichen empfiehlt sich Goethe weder als Olympier in den Wolken oder als Denkmals-Heiliger noch als einer, der den Menschen als das Maß aller Dinge erkennt und anerkennt. Er legt vielmehr das Maß aller Dinge an den Menschen an, um ihn seiner eigentlichen und damit angemessenen Bestimmung zuzuführen, nämlich Mensch zu sein in einem Universum, dessen Teil, nicht dessen Mittelpunkt er ist. Nähert man sich Goethe mit diesem Verständnis, dann erscheint er plötzlich in einem sehr anderen Licht als dem musealer Meister-Verehrung. Er erscheint ungemein aktuell und »modern«, weil er Gedanken vertritt, die gegenwärtig nicht zuletzt von wohlstandsfrustrierten jungen Menschen mit progressivem, ja revolutionärem Anspruch geäußert werden – nur mit dem Unterschied, daß Goethe viel unaufgeregter, dafür tiefgreifender und umfassender an die Probleme herangeht als die Protestler von heute: Er erhebt Protest durch aufklärende Einsicht.

Nehmen wir »Faust«. Ist diese Dichtung nicht ein gewaltiger Einspruch gegen den planetaren Eroberungsrausch, den geistigen wie den materiellen, dem sich eine aus den Fugen geratene Menschheit von Begierde zu Begierde hingibt in dem Wahn, solches Verhalten diene ihrem Fortschritt? Ruft dieser fatal durch sich selbst verführten Menschheit nicht immer noch der Erdgeist zu, sie gleiche dem Geist, den *sie* begreife, nicht ihm?

Goethe war, auf eine besondere Weise, liberaler als jeder Liberale von heute. Und er war, indem er sich die Sache der Natur zu eigen machte, grüner als viele Grüne, die heute mit sektiererischem Augenaufschlag Gänseblümchen in Biotope pflanzen. Derartige Kleinbürger-Metaphysik hat Goethe nie vertreten. Schon die Sucher nach der Blauen Blume der Romantik beäugte er mit Argwohn. Er witterte hinter den verführerischen Proklamationen der Transzendenz (mit Recht) eine Flucht aus der Wirklichkeit, die ihm fremd war. Flucht war für Goethe kein Weg, auf dem Leben erlebt und gelebt werden konnte. Nur wer sich tätig, das heißt: zu Taten bereit dem Leben stellt, dem schenkt das Leben Erfüllung – dies ist die Botschaft am Ende von Fausts Erdentragödie: »Wer immer strebend sich bemüht, den können wir erlösen.«

Dementsprechend fragt Goethe auch nicht primär: Wie

geht es dem Menschen, wie lebt er, wie behandelt er seinesgleichen (die Generalthemen unserer Tage)? Vielmehr stellt er, der realistische Anthropologe, die Grundfragen jeder Anthropologie, die tiefere Antworten als die nach der sozialen Befindlichkeit erwarten lassen, nämlich: Was ist der Mensch? Wer ist er? Wie kann der Mensch Mensch sein, und wie kann der Mensch Mensch werden?

Indem Goethe diese Fragen aufwirft, stellt er ein Thema zur Debatte, das seit dem Ausbruch des Menschen aus der Natur die Menschheit bewegt: Wie kann der Mensch wieder mit seinem Ursprung versöhnt werden? Alle Religionen kreisen nur um diesen einen schicksalsschweren Punkt – bis auf den heutigen Tag. Alle Versuche, durch irdische Taten »dem Augenblick Dauer zu verleihen« und damit Ewigkeit im Diesseits herzustellen, sind bisher kläglich mißlungen. Mag der Mensch auch das Weltall »bis an die Sterne weit« ausloten – im Mikrokosmos kehrt es ihm wieder sein rätselhaftes Antlitz zu. Selbst wenn es gelänge, das Chaos zu berechnen, bliebe es ein Chaos und unbegreiflich: Denn die Maßstäbe menschlicher Vorstellungskraft, ob durch Computer gestützt oder nicht, reichen unmöglich aus um zu verstehen, was die Welt im Innersten zusammenhält. Deshalb gilt, für Goethe im besonderen, aber doch wohl auch für aufgeschlossene Menschen im allgemeinen, daß wir nicht erjagen können, was wir nicht fühlen. Intuition heißt das Zauberwort. Schon bei den Philosophen des vorsokratischen Griechenland von hohem Rang, spielt sie auch in Goethes Denken eine beherrschende Rolle. »Es ist immer ein Zeichen einer unproduktiven Zeit«, heißt es in einem Gespräch mit Eckermann (11. 2. 1831), »wenn sie so ins Kleinliche des Technischen geht, und ebenso ist es ein Zeichen eines unproduktiven Individuums, wenn es sich mit dergleichen befaßt.«

Allerdings befaßte sich auch Goethe mit »Details«, aber er verschrieb sich ihnen nicht. Er war ein eminent wissenschaftlicher Kopf; nicht nur seine naturwissenschaftlichen Arbeiten, auch seine Beiträge zu Themen der Kunst und Literatur legen davon Zeugnis ab. Diese Forschungen waren wichtige Stationen auf seinem Erkenntnisweg, an dessen Ende er den Menschen mit der Natur wieder in Übereinstimmung zu bringen hoffte. Denn: »Nur wenn Natur dich unterweist, dann geht die Seelenkraft dir auf, wie spricht ein Geist zum andern Geist.« Das bedeutendste Medium, mit dessen Hilfe der Dialog zwischen den Geistern vernehmbar und damit beherzigenswert hergestellt werden kann, ist für Goethe die Kunst. »Wem die Natur ihr offenbares Geheimnis zu enthüllen anfängt«, heißt es in den »Maximen und Reflexionen«, »der empfindet eine unwiderstehliche Sehnsucht nach ihrer würdigsten Auslegerin, der Kunst.« Darum beherrscht auch das Thema »Natur und Kunst« Goethes denkerische und künstlerische Existenz. Es ist das Leitmotiv seines anthropologischen Credos. Und darum nimmt dieses Thema in der vorliegenden Sammlung auch eine zentrale Stellung ein.

* * *

Zitat-Sammlungen aus Goethes Werken, aus seinen Briefen und seinen Gesprächen – es gab sie zahlreich, es gibt sie zahlreich. Die einen gerieren sich erbaulich, die anderen tröstlich, wieder andere gelehrt, und noch andere führen bildungsbürgerliche Antiquarien vor. Die einen sind gut, andere sind weniger gut; manche sind schludrig zusammengewürfelt, einige beweisen sogar Ignoranz gegenüber der Sache, die sie vertreten. Die beste Sammlung von Goethe-Zitaten, oder sagen wir besser: Goethe-Aphorismen stammt in ihrem Ursprung zweifellos von Goethe selbst. Es sind die »Maximen und Reflexionen«. Sie tauchten 1833 erstmals zusammengefaßt in der Ausgabe letzter Hand von Goethes Werken auf, und sie wurden in der jetzt bekannten Fassung Ende

1907 von Max Hecker, um Aphorismen aus dem Nachlaß bereichert, zusammengestellt und herausgegeben.
Goethe pflegte in den letzten drei Jahrzehnten seines Lebens Gedanken-Einfälle rasch auf Zettel, Briefumschläge, Papierfetzen zu notieren und in einen Kasten zu werfen. Gelegentlich veröffentlichte er ein Bündel solcher Aphorismen, zum Beispiel in den »Wahlverwandtschaften«, in den von ihm edierten und redigierten Zeitschriften (»Kunst und Altertum«) oder als Anhang zu wissenschaftlichen Arbeiten (»Morphologische Hefte«).
An diesen »Maximen und Reflexionen« kommt keine Sammlung Goethescher Lebensweisheit vorbei. Sie sind der Gedankenextrakt seiner Existenz. Warum bemüht man sich dennoch immer wieder um Variationen dieser klassischen Edition? Die Antwort ist einfach: Der Reichtum des Goetheschen Œuvres fordert den engagierten Leser geradezu elementar heraus, sich Sentenzen, die ihn wie Erkenntnisblitze treffen, zu notieren – und so hat er, eh er sich's versieht, ein Brevier beisammen, das genug Textstellen verzeichnet, die sich neben und zusammen mit den »Maximen und Reflexionen« sehen und lesen lassen können.
Natürlich kann eine Sammlung, die auf solche Weise zustande kommt, die Handschrift dessen nicht verleugnen, der sie zusammentrug. Das vorliegende Brevier entbehrt zwar nicht einer inneren (und auch äußeren) Systematik, die durch das erörterte Generalthema einer menschenfreundlichen Real-Anthropologie vorgegeben wird, aber die Auswahl der Textstellen ist dennoch eher zufällig als systematisch. Die Texte »fielen« dem Herausgeber in des Begriffes unmittelbarster Bedeutung beim Lesen »zu« – und sie arrangierten sich fast von selbst zu den ausgewiesenen Themengruppen. Zusammengenommen skizzieren sie Goethes Weltanschauung – in lebenspraktischer Absicht: ein Lesebuch also für den Kenner wie für den, der sich dem Alten von Weimar auf unfeierliche, selbstverständliche Weise anzunähern und

dessen immerwährende Aktualität zu entdecken wünscht; ein Buch, das in Poesie und Prosa ebenso abwechslungsreich wie eindeutig das Exempel der Menschenwürde für den anthropologischen Ernstfall statuiert oder doch zumindest zu statuieren wünscht – nicht nur Goethe zum Ruhm, sondern auch den Mitmenschen zum Erkenntnisgewinn.
Kein Buch für Germanisten also, aber dennoch auch für Germanisten brauchbar. Denn alle Zitate sind zitierfähig nachgewiesen. Dem Klassik-Lektorat sei dafür ausdrücklich gedankt.
Geben wir zum Schluß noch einmal Goethe das Wort. Was sagt er zu einem Gedanken-Sammelsurium wie dem, das hier vorgelegt wird? »Was man auch gegen solche Sammlungen sagen kann, welche die Autoren zerstückelt mitteilen, sie bringen doch manche gute Wirkung hervor. Sind wir doch nicht immer so gefaßt und so geistreich, daß wir ein ganzes Werk nach seinem Wert in uns aufzunehmen vermöchten. Streichen wir nicht in einem Buch Stellen an, die sich auf uns beziehen?« Daß jeder, der dieses Buch in die Hand nimmt, möglichst viele Stellen finden möge, die ihn angehen, das wünscht sich der Herausgeber. Denn viele Unterstreichungen wären der schönste Lohn für das, was er tat (und beabsichtigte).

München, Anfang Mai 1991 Heinz Friedrich

Quellennachweis

Folgen mehrere Zitate aus einem Text oder einer Textsammlung Goethes (z. B. ›Gott und Welt‹) aufeinander, wird dieser allgemeine Beleg im fortlaufenden Text nur nach dem letzten Zitat angegeben. Im detaillierten bibliographischen Verzeichnis wird jedes Zitat einzeln nachgewiesen (Ausnahme: Aus Ottiliens Tagebuche, S. 52–57). Die Seitenzahlen in der linken Spalte beziehen sich auf das vorliegende Brevier, die rechte Spalte verzeichnet die entsprechenden Zitatbelege.

Zitiert wird nach den folgenden Ausgaben:

Johann Wolfgang Goethe: Gedenkausgabe der Werke, Briefe und Gespräche. Herausgegeben von Ernst Beutler. Zürich: Artemis 1949 (zitiert als AG).

Goethes Werke. Herausgegeben im Auftrage der Großherzogin Sophie von Sachsen. Weimar: Hermann Böhlaus Nachfolger 1887–1919. Fotomechanischer Nachdruck München: Deutscher Taschenbuch Verlag 1987 (zitiert als WA).

Goethes Gespräche. Eine Sammlung zeitgenössischer Berichte aus seinem Umgang, auf Grund der Ausgabe und des Nachlasses von Flodoard Freiherrn von Biedermann, ergänzt und herausgegeben von Wolfgang Herwig. Zürich: Artemis 1965 (zitiert als Goethes Gespräche).

I Der Teil und das Ganze

7: AG 1, 453;
9: AG 5, 149f.; AG 9, 573f.;
10: AG 1, 513; AG 17, 711; AG 17, 705;
11: AG 17, 705; AG 1, 260; AG 14, 135f.;
12: AG 22, 179f.; AG 2, 534; AG 2, 504; WA II, 6, 10f.;
13: AG 1, 410; AG 1, 411; AG 9, 659f.;
14: AG 9, 539; AG 9, 643; AG 9, 672;
15: AG 1, 514; AG 1, 514ff.;
17: AG 1, 519; AG 1, 410; AG 1, 410; AG 17, 706;
18: AG 17, 723; AG 1, 519; AG 17, 419; AG 17, 419; AG 17, 419;
19: AG 17, 704; AG 9, 646; AG 1, 522;
20: AG 1, 323;
21: AG 13, 889;
22: WA I, 19, 75f.; AG 13, 417;
23: AG 3, 299.

II Mensch und Natur

25: AG 1, 411;
27: AG 9, 608; WA IV, 11, 22; AG 24, 458 f.;
29: AG 9, 644; AG 9, 572; AG 3, 586;
30: AG 16, 884;
31: AG 24, 115 f.; AG 9, 609; AG 9, 608; AG 9, 672; AG 9, 574;
32: AG 11, 230; AG 7, 509 f.; AG 7, 453;
33: AG 1, 629; AG 24, 319; AG 9, 552; AG 8, 131;
34: AG 17, 754; AG 17, 746; AG 17, 747; AG 17, 747; AG 17, 747;
35: AG 17, 747; AG 17, 747; AG 17, 747; AG 17, 747; AG 17, 747; AG 9, 638; AG 17, 711; AG 17, 710;
36: AG 17, 710; AG 17, 710; AG 17, 710; AG 17, 710; AG 17, 710 f.; AG 16, 864;
37: AG 2, 146;
38: AG 2, 559; AG 2, 186; AG 1, 440.

III Mensch unter Menschen

39: AG 1, 454;
41: AG 9, 611; AG 16, 576 f.;
42: AG 24, 470; AG 24, 166; AG 22, 400;
43: AG 1, 633; AG 9, 546; AG 10, 450 f.; AG 9, 613; AG 22, 498;
44: AG 24, 162; AG 22, 578; AG 24, 632;
45: AG 9, 614; AG 9, 617; AG 13, 35; AG 14, 464; AG 9, 616; AG 24, 172;
46: AG 24, 444; AG 1, 608; AG 24, 238;
47: AG 21, 1016; AG 24, 449; AG 9, 534;
48: AG 1, 531 ff.;
50: WA IV, 32, 81 f.; AG 1, 606; AG 9, 566; AG 4, 787; AG 9, 563;
51: AG 16, 844; AG 12, 623 f.;
52: AG 17, 17; AG 9, 499–502;
57: AG 9, 524; AG 9, 530;
58: AG 9, 189; AG 8, 191;
59: AG 7, 436; AG 13, 415 f.;
60: AG 7, 570 f.; AG 7, 531; AG 18, 258; AG 7, 477; AG 9, 357;
61: AG 8, 82; AG 9, 512; AG 18, 743; AG 9, 527;
62: AG 2, 559; AG 2, 559; AG 2, 502; AG 1, 441; AG 1, 420; AG 8, 54; AG 9, 617;
63: AG 9, 613; AG 9, 613; AG 9, 612; AG 3, 337; AG 10, 318;
64: AG 14, 520; AG 9, 392; AG 1, 631; AG 9, 535; AG 9, 535;
65: AG 9, 589; AG 9, 627; AG 18, 465; AG 22, 401; AG 19, 688;
66: AG 24, 216 ff.;
67: AG 10, 706; AG 3, 437; AG 2, 412; AG 2, 413;

68: AG 1, 457; AG 1, 461; AG 1, 461; AG 2, 187;
69: AG 4, 127; AG 3, 383; AG 22, 588; AG 24, 726; AG 1, 263;
70: AG 23, 529; AG 9, 614; AG 10, 82; AG 9, 528; AG 9, 528; AG 9, 528; AG 9, 528; AG 9, 528;
71: AG 1, 643; AG 1, 643; AG 1, 643; AG 1, 643; AG 1, 644; AG 1, 638;
72: AG 9, 529; AG 7, 533; AG 9, 567; übersetzt aus dem Französischen nach AG 23, 353; AG 16, 247;
73: AG 14, 429; AG 9, 535;
74: AG 9, 535; AG 9, 536; AG 9, 536; AG 9, 536; AG 9, 536; AG 5, 148;
75: AG 1, 439; AG 2, 411; AG 7, 44; WA IV, 17, 152; AG 7, 454;
76: AG 24, 279; AG 13, 140; WA IV, 44, 71;
77: AG 10, 378f.; AG 19, 508; AG 8, 33; AG 13, 202; AG 10, 144; AG 13, 738;
78: AG 24, 452; AG 2, 164; AG 2, 179; AG 9, 616; AG 1, 461;
79: AG 1, 459; AG 1, 458; AG 9, 617; AG 9, 612; AG 9, 612; AG 9, 615;
80: AG 9, 615; AG 9, 615; AG 9, 615; AG 9, 615; AG 9, 614; AG 9, 614; AG 9, 614; AG 18, 524; AG 24, 364;
81: AG 16, 879f.;
82: AG 8, 456f.; AG 2. Ergänzungsband, 84f.;
83: AG 11, 146f.; AG 1, 670;
84: AG 7, 368; AG 7, 529f.; AG 7, 592f.;
85: WA IV, 44, 29f.;
86: AG 8, 140; AG 12, 708; AG 24, 404;
87: AG 1, 515; AG 1, 324f.

IV Denken und Tun – das Tagwerk des Lebens

89: AG 2, 377;
91: AG 7, 533;
92: AG 8, 285; AG 24, 614f.;
93: AG 12, 704; AG 2, 45; AG 7, 435; AG 9, 566;
94: AG 17, 723; AG 21, 819; AG 3, 278;
95: WA I, 49.2, 12–15; AG 11, 436; AG 22, 464; AG 19, 436;
96: AG 24, 450; AG 13, 416f.;
97: AG 12, 709; AG 11, 880; AG 14, 756;
98: AG 8, 130; WA IV, 13, 216; AG 24, 685; AG 24, 359;
99: AG 9, 589; AG 9, 543; AG 9, 543; AG 9, 543;
100: AG 23, 328; AG 7, 580; AG 2, 157f.;
101: AG 1, 441; AG 21, 881; AG 9, 518; AG 1, 418;
102: AG 1, 529; AG 16, 911f.;
103: AG 21, 728; AG 1, 558; AG 9, 513;

104: AG 21, 71; AG 8, 131; AG 19, 38; AG 7, 459;
105: AG 24, 752; AG 7, 87ff.;
106: AG 13, 851;
107: AG 13, 29f.; AG 11, 113f.; AG 23, 349;
108: AG 18, 838; AG 24, 213; AG 24, 110; AG 24, 98; AG 24, 300f.;
109: AG 24, 635; AG 24, 673;
110: AG 3, 541; AG 3, 316f.; AG 3, 201; WA I, 34.2, 124; AG 9, 617; AG 9, 617;
111: AG 24, 216f.; AG 1, 612; AG 1, 646; AG 8, 434.

V Wissen und Leben

113: AG 9, 553;
115: AG 9, 619; AG 9, 569; AG 9, 644; AG 18, 783; AG 17, 754f.;
116: AG 17, 755; AG 17, 755; AG 24, 616f.;
117: WA I, 41.1, 466; AG 17, 755; AG 21, 130;
118: AG 5, 446; AG 17, 745f.; AG 17, 745;
119: AG 17, 743f.;
120: AG 17, 741; AG 17, 740; AG 17, 739; AG 17, 737;
121: AG 17, 736; AG 17, 736; AG 17, 736; AG 17, 733; AG 17, 731; AG 17, 729f.;
122: AG 17, 714–716;
124: AG 17, 716f.;
125: AG 17, 717; AG 16, 886f.;
127: AG 17, 738; AG 17, 738; AG 17, 738; AG 17, 738; AG 17, 738;
128: AG 17, 738; AG 17, 738; AG 17, 738; AG 17, 738; AG 17, 738; AG 17, 737; AG 17, 737;
129: AG 16, 869ff.;
131: AG 16, 19; AG 2, 187; AG 2, 186;
132: AG 2, 503; AG 2, 503; AG 2, 503; AG 2, 504; AG 1, 519;
133: AG 9, 564f.; AG 9, 564; AG 9, 564; AG 9, 593; AG 9, 593;
134: AG 24, 315f.; AG 9, 531; AG 9, 531;
135: AG 9, 526; AG 9, 526.

VI Kunst als Leben. Leben als Kunst

137: AG 2, 141;
139: AG 2, 141; AG 16, 872f.;
141: AG 11, 503f.; AG 17, 741;
142: AG 17, 712;
143: AG 16, 855; AG 14, 758f.;
144: AG 13, 152f.;
145: AG 9, 564; AG 4, 964; AG 13, 235;

146: AG 13, 421 f.;
147: AG 13, 644 f.; AG 10, 731 f.;
149: AG 10, 820; AG 8, 271 f.;
150: WA I, 48, 135 f.; AG 12, 704; AG 24, 623; AG 13, 244 f.;
152: AG 11, 503; AG 9, 638; AG 8, 263;
153: AG 9, 504; AG 21, 719; AG 10, 308; AG 9, 503; AG 9, 503; AG 9, 503;
154: AG 22, 543; AG 1, 389; AG 9, 541;
155: AG 13, 145; AG 13, 913 f.; AG 13, 348;
156: AG 13, 846;
157: AG 17, 699; AG 13, 294; AG 13, 127 f.;
158: AG 14, 749;
159: AG 12, 230;
160: AG 13, 237; AG 13, 210 f.;
161: AG 24, 623; AG 24, 737; AG 24, 718; AG 24, 47;
162: AG 10, 634;
163: AG 24, 115; AG 16, 243; AG 22, 755; AG 23, 849;
164: AG 7, 89; AG 13, 154; AG 9, 639; AG 13, 53; AG 14, 547;
165: AG 14, 569; AG 9, 561; AG 14, 663;
166: WA IV, 17, 151; AG 13, 388; AG 14, 748; AG 14, 733 und 735;
167: AG 14, 801;
168: AG 24, 172; AG 7, 370; AG 7, 337 f.;
169: AG 9, 564; AG 14, 689 f.;
170: AG 22, 751; AG 9, 612; AG 2, 531; AG 13, 148 f.;
171: WA IV, 11, 101; AG 9, 504;
172: AG 12, 423 f.; AG 3, 471; AG 9, 591; AG 9, 635; AG 9, 638;
173: AG 24, 195; AG 12, 400; AG 11, 592; AG 9, 516; WA I, 48, 137;
174: AG 9, 524; AG 24, 617.

VII Der Weisheit letzte Schlüsse

175: AG 1, 516;
177: AG 5, 403 f.; AG 5, 159 f.;
178: AG 1, 523;
180: AG 1, 516 ff.;
183: AG 9, 634; AG 1, 509; AG 21, 819; AG 5, 509;
184: AG 9, 504; AG 14, 613 ff.;
186: AG 24, 285 f.;
187: AG 24, 697; AG 21, 976;
188: AG 24, 769; AG 24, 681 f.;
189: Goethes Gespräche 2, 770–778;
197: AG 3, 504 f.; AG 6, 400 f.;
198: AG 1, 507;
199: AG 1, 629; AG 5, 500; AG 1, 667;
200: AG 5, 520; AG 5, 526; AG 1, 668.

Friedrich Nietzsche im dtv

Sämtliche Werke
Kritische Studienausgabe in 15 Bänden
Herausgegeben von Giorgio Colli und Mazzino Montinari
dtv / de Gruyter 5977
Alle Bände sind auch einzeln lieferbar

Sämtliche Briefe
Kritische Studienausgabe in 8 Bänden
Herausgegeben von Giorgio Colli und Mazzino Montinari
dtv / de Gruyter 5922

Weisheit für Übermorgen
Unterstreichungen aus dem Nachlaß (1870-1889)
von Heinz Friedrich
dtv 2338

Frühe Schriften 1854–1869
BAW 1-5
5 Bände in Kassette
Nachdruck der Ausgabe Friedrich Nietzsche: Werke und Briefe Historisch-kritische Gesamtausgabe. Werke (nach 5 Bänden abgebrochen) · dtv 59022

Nietzsche für Anfänger
Also sprach Zarathustra
Eine Lese-Einführung von Rüdiger Schmidt und Cord Spreckelsen
dtv 4664

Werner Ross
Der ängstliche Adler
Friedrich Nietzsches Leben
dtv 30427

dtv

Bibliothek der Erstausgaben im dtv

Herausgegeben von
Joseph Kiermeier-Debre

Gottfried Keller
Kleider machen Leute
dtv 2617 · DM 6,-

Theodor Storm
Der Schimmelreiter
dtv 2618 · DM 8,-

Rainer Maria Rilke
Die Aufzeichnungen des Malte Laurids Brigge
dtv 2619 · DM 10,-

Gotthold Ephraim Lessing
Emilia Galotti
dtv 2620 · DM 6,-

Jakob Michael Reinhold Lenz
Der Hofmeister
dtv 2621 · DM 6,-

Friedrich Schiller
Kabale und Liebe
dtv 2622 · DM 6,-

Johann Wolfgang Goethe
Faust. Eine Tragödie
dtv 2623 · DM 8,-

Friedrich Hölderlin
Hyperion
dtv 2624 · DM 10,-

Heinrich von Kleist
Der zerbrochne Krug
dtv 2625 · DM 6,-

Georg Büchner
Lenz
dtv 2626 · DM 6,-

Friedrich Hebbel
Maria Magdalene
dtv 2627 · DM 6,-

Theodor Fontane
Effi Briest
dtv 2628 · DM 12,-

Franz Kafka
Die Verwandlung
dtv 2629 · DM 6,-

Gotthold Ephraim Lessing
Die Erziehung des Menschengeschlechts
dtv 2630 · DM 6,-

Johann Wolfgang Goethe
Faust II
dtv 2631 · DM 10,-

Heinrich Heine
Deutschland. Ein Wintermärchen
dtv 2632 · DM 6,-

Jeremias Gotthelf
Die schwarze Spinne
dtv 2633 · DM 6,-

Rainer Maria Rilke
Duineser Elegien
dtv 2634 · DM 6,-

Bibliothek der Erstausgaben im dtv

Herausgegeben von
Joseph Kiermeier-Debre